Chers lecteurs,

Nous nous retrouvons pour ce cinquième roman et je vous remercie d'être au rendez-vous. J'aurais tellement de choses à vous dire sur ce livre qui m'a pris tant de temps. J'ai eu beaucoup de mal à l'écrire, l'histoire me tenait à cœur, plus que l'histoire, c'est le message que j'essaie de transmettre qui me tenait à cœur. Je ne peux pas vous en dire plus pour ne pas gâcher votre lecture, mais sachez que je vous donne quelques explications en fin de livre. Ce que je peux vous dire en revanche, c'est MERCI d'être ici, avec moi, avec Charlotte, Lyanne, Baptiste, Samuel et les autres. Merci d'avoir envie de passer un bout de vie avec eux, merci de vouloir partager leur histoire. J'espère qu'elle vous touchera. Tout comme pour mon premier roman, c'est un sujet important, crucial, vital, alors je compte sur vous pour en parler.

Bonne lecture,

Audrey

Bibliographie

_***Maintenant et à jamais***, romance dramatique, 2017

_***Contre vents et marées***, romance contemporaine, 2018

_ ***La valse des souvenirs*** (Allie et Adam – Partie 1), romance, 2018

_ ***À fleur de cœur*** (Allie et Adam – Partie 2), romance, 2019

_ ***Allie et Adam*** (Intégrale), tranche de vie, romance, 2019

****

_***Mon Héloïse***, nouvelle du recueil Gourmandises de Noël, 2017

_***L'ombre du passé***, nouvelle du recueil Destinations inconnues, 2018

_***Plume solitaire***, nouvelle du recueil Il était une plume, 2018

Un souffle de vie

ROMAN

Audrey MARTINEZ

Couverture : Audrey Martinez via publisher.

Illustrations : pixabay et shutterstock

http://www.audreymartinez.fr

ISBN : 978-2-491392-01-7

Prologue

Charlotte ouvre difficilement les yeux. Elle s'étire doucement et se tourne pour apercevoir le lit qui est placé de l'autre côté de la pièce. La couverture se soulève en maintenant un rythme constant. Dans un souffle lent et régulier. Lyanne dort.

La fillette se lève sur la pointe des pieds, passe devant la chambre de ses parents encore endormis et descend l'escalier pour aller dans le salon. Foufou, un labrador de 4 ans, est déjà posté en bas des marches, remuant la queue dans tous les sens.

— Bonjour, Foufou ! Tu m'attendais ?

Le chien se colle contre la petite fille, tandis qu'elle lui caresse la tête.

— Tu viens dehors avec moi ?

Elle ouvre la porte-fenêtre et se rend dans le jardin. Le soleil étincelle en ce doux matin de printemps. Charlotte s'installe sur les marches de la terrasse, Foufou à ses pieds, et admire les arbres qui se dressent devant elle.

Leur maison est bordée par une magnifique forêt qui s'étend à perte de vue. La fillette peut entendre les oiseaux chanter, le bruissement des feuilles qui dansent sous l'effet du vent, l'écoulement de la rivière en contrebas. Elle n'a que 10 ans, mais elle apprécie chaque bruit émanant de la nature. Son père a toujours eu un goût prononcé pour le grand air. Très tôt, il a emmené sa petite famille en randonnée ou camper dans les bois.

— Je savais que tu serais là.

Charlotte se retourne, surprise.

Lyanne se tient debout derrière elle, le visage ensommeillé, un pyjama gris et rose sur le dos. Elle se frotte les yeux, vient s'asseoir près de son aînée et pose la tête sur son épaule.

La brune et la blonde, si différentes et pourtant complémentaires. Elles sont comme le feu et la glace.

Lyanne regarde sa grande sœur, l'air soudain sérieux.

— Est-ce que papa et maman vont mourir un jour ?

Charlotte observe cette petite blondinette, semblant porter toute la tristesse du monde sur ses épaules.

— Oui, murmure-t-elle en prenant sa main. Mais dans très très longtemps.

— Tu en es sûre ?

— Absolument ! Il faut d'abord qu'ils deviennent très très vieux !

— Pourquoi les gens meurent ?

— C'est comme ça, on n'y peut rien.

— Ça me rend triste.

— Je sais. Moi aussi. Mais toutes les deux, nous serons toujours ensemble.

— Tu promets ?

— Je te le promets. Des sœurs, ça ne se sépare pas !

Simone, la grand-mère des deux fillettes est décédée une semaine plus tôt, assez soudainement. Charlotte semble surmonter cette épreuve avec force, tandis que Lyanne est assez éprouvée par cet événement inattendu.

Il faut dire que les deux sœurs passaient beaucoup de temps chez leur grand-mère. Elles adoraient cette mamie optimiste et pleine de vie. Simone n'était pas le genre de femme à rester assise bien sagement dans un fauteuil. Elle emmenait ses petites filles en randonnée, en week-end ou encore monter à cheval. Elle souhaitait profiter de sa retraite après avoir consacré toute sa vie à ses enfants, aux côtés d'un mari aimant. Elle désirait vivre pleinement et savourer intensément ses dernières années. Mais Simone, 83 ans, est décédée brutalement, d'une crise cardiaque fulgurante dans son sommeil. Un instant de paix, figé pour l'éternité.

Lyanne et Charlotte ont été bouleversées par cette nouvelle, malgré les paroles réconfortantes de leurs parents. Depuis, Lyanne est préoccupée par la mort. Vulnérable, elle a très peur de perdre ses parents ainsi que sa sœur.

— Ne t'inquiète pas, continue Charlotte, papa et maman vont rester auprès de nous encore très longtemps. Et moi, je ne te quitterai jamais. Et puis, il faut bien quelqu'un pour te gronder quand tu fais des bêtises.

Lyanne se lève alors et attrape un pissenlit qui trône fièrement au pied de la terrasse. Elle ferme les yeux et fait le vœu de rester auprès de sa sœur pour toujours, enfin elle souffle de toutes ses forces pour que son vœu se réalise. Elle y croit, tout autant qu'au Père Noël et à la petite souris. Elle se retourne, esquisse un sourire puis court à l'intérieur, monte les marches deux par deux, entre en trombe dans la chambre de ses parents et se jette sur leur lit. Charlotte, qui l'a suivie de près, pouffe de rire, observant la scène depuis l'encadrement de la porte. Lorsque son père commence à râler, elle se précipite à son tour sur le lit. Leur mère leur distribue des chatouilles. La journée débute dans la bonne humeur, tandis que les éclats de rire inondent la maison familiale.

Chapitre 1

Charlotte

Mes élèves se lèvent et rangent leur chaise avant de sortir dans un brouhaha digne des plus grandes salles de concert. La fin de la classe a sonné et leur excitation est palpable. Les vacances de février se profilent à l'horizon, tous sont déjà en train de parler de leurs projets, mais je ne les écoute plus, mon esprit est ailleurs, comme emporté, loin, très loin, à l'extérieur de ces murs. Depuis quelques jours, je suis préoccupée. Baptiste, mon compagnon depuis neuf ans, est assez distant et cela m'inquiète, car ça ne lui ressemble pas.

Je rassemble mes affaires, après avoir corrigé les cahiers de mes élèves, puis je récupère mo[illegible]phaël, 6 ans, qui joue dans la cour avec ses camarades inscrits à la garderie.

— Tu viens, Raphaël ? Tata nous attend.

— J'arrive, crie-t-il en tirant une dernière fois dans le ballon.

Il attrape son cartable et court me rejoindre tandis que je descends les marches qui mènent au portail.

— On va au parc ?

— Oui ! Mais pas longtemps.

Il fait la moue, mais il le sait, mieux vaut ne pas négocier, sous peine de voir la sortie au parc annulée.

Lyanne nous attend, assise sur le muret devant l'école. Ses longs cheveux blonds, tressés en épi, retombent sur son épaule gauche. Sa combi-short turquoise est resserrée à la taille par une ceinture marron. Elle ajuste ses lunettes de soleil et rejoint mon fils qui sautille vers elle, abandonnant son cartable à mes pieds.

— Tata, crie-t-il en s'agrippant à son cou.

— Mon loulou ! C'était bien l'école ?

— Oui ! En sport, on a joué à la balle au prisonnier.

— Génial !

Lyanne dépose Raphaël et vient m'embrasser.

— Ouhla, ça ne va pas toi !

Ce n'est même pas une question, elle me connaît par cœur.

— Pas trop.

— Allez, viens, tu vas tout me raconter.

Lyanne, Baptiste et moi-même nous connaissons depuis notre enfance. Nos parents étaient amis, nous avons donc grandi ensemble. Lyanne était un véritable garçon manqué à l'époque. Elle jouait avec les garçons, se bagarrait, souvent, et elle a toujours été très proche de Baptiste. Entre eux, il s'agissait bien d'une histoire d'amitié, profonde et sincère, comme il en existe peu. Il n'y avait, d'ailleurs, de place pour quiconque, même pas pour moi. J'étais un peu plus âgée, plus calme, plus réservée. Et puis, un jour, Baptiste est parti. Ses parents ont déménagé à 1400 km, un coup dur pour Lyanne. Mais leur amitié a résisté. Deux ans plus tard, il est revenu avec sa mère. Ses parents venaient de divorcer. Lyanne a retrouvé son meilleur ami, pour ne plus jamais le quitter. Leur duo s'est reconstitué. De mon côté, j'étais déjà à la fac. Je revenais régulièrement voir ma famille, mais Baptiste n'était rien de plus que l'ami de ma sœur. Jusqu'à cette soirée, cet anniversaire, les 22 ans de Lyanne. Nous nous sommes rapprochés. Un coup de foudre, un coup de cœur après tant d'années sans réellement se voir. Nous étions invisibles l'un pour l'autre, jusqu'à ce jour. Tout a changé. C'était comme si j'avais été plongée dans le noir durant toutes ces années et qu'on me retirait enfin ce voile pour me permettre d'y voir à nouveau. Et c'est lui qui m'est apparu comme une évidence. Depuis, est né Raphaël, une bénédiction, car, il faut le dire, je ne pensais jamais avoir d'enfant.

Les tests et examens ne révélaient aucune anomalie empêchant la grossesse. Pour autant, après dix-huit mois d'essais infructueux, nous nous étions rendus à l'évidence, tentant d'encaisser le choc afin d'envisager d'autres possibilités, comme l'adoption. Nous étions dans les 20 % de cas inexplicables médicalement. Quelques mois après notre abandon total, et quelques jours passés à Rome en amoureux, le miracle a eu lieu. La grossesse a été placée sous surveillance, nous étions très anxieux. Le destin avait mis un petit être sur notre route et nous nous inquiétions du déroulement de la grossesse. Nous craignions un accident, une complication. Mais finalement, après neuf mois sans encombre, notre petit Raphaël a pointé le bout de son nez. Mes yeux, les cheveux et le sourire de son père. L'expression de notre amour le plus sincère. Cette longue épreuve a soudé notre couple.

Je le croyais indestructible, jusqu'à aujourd'hui...

Lyanne attrape mon bras et je sens déjà que mon esprit s'apaise à l'idée de pouvoir me confier à ma sœur. Comme toujours, elle sera mon pilier, ma conseillère, ma confidente. Enfants, nous n'étions pas toujours sur la même longueur d'onde, mais à l'adolescence, Lyanne est devenue une jeune femme et a délaissé ses casquettes et ses baskets. Nous nous sommes alors rapprochées, et depuis, nous sommes inséparables.

Raphaël court vers le toboggan tandis que nous nous installons sur un banc, à l'ombre d'un grand pin.

* *
*

Lyanne

Inquiète, je me tourne vers Charlotte. Elle a beau être d'une nature stressée, son expression ne présage rien de bon. Ses yeux noisette affichent un air sérieux. Sa coupe au carré semble beaucoup plus sévère lorsqu'elle ne sourit pas. Pourtant, c'est une belle jeune femme, rayonnante et pleine de vie, mais aujourd'hui, le sourire n'est pas de la partie.

— Je t'écoute.

— C'est Baptiste.

— Qu'est-ce qu'il se passe ?

— Je crois qu'il a une maîtresse ou qu'il veut me quitter, je ne sais pas.

— Qu'est-ce que tu racontes comme bêtise ! Il est fou de toi.

— Il est distant depuis quelque temps, différent. J'ai l'impression qu'il m'évite. Il ne me parle presque plus.

— Peut-être qu'il est juste préoccupé par le travail.

— Je le sens, Lyanne, il y a un souci. On a toujours tout partagé, on se dit tout, même les galères, les problèmes, on a tout traversé ensemble. Il ne s'est jamais refermé comme ça. Tu ne saurais pas quelque chose, toi ?

Je secoue la tête.

— Je t'assure que non. Il ne m'a rien dit. Tu ne dois pas t'en faire. Crois-moi sur parole, dis-je en lui prenant la main, jamais il ne te tromperait, et il ne compte pas te quitter, j'en suis certaine.

Charlotte semble un peu rassurée, mais je sens bien qu'il doit y avoir une vilaine boule d'angoisse qui la dévore de l'intérieur. Elle est persuadée que quelque chose cloche et elle n'en démordra pas.

— Tu veux que je lui parle ?

— Je ne sais pas... Changeons de sujet ! Et toi avec Vincent, ça va ?

— Très bien, la boîte roule toute seule, on se développe !

— Je parlais surtout de ton couple.

— Tout va bien.

Vincent et moi sommes ensemble depuis cinq ans. Nous nous sommes mariés deux ans après notre rencontre. Lorsque je l'ai vu, je l'ai d'abord trouvé hautain et sûr de lui. Le genre de mec qui ne m'attirait pas du tout. Mais il était beau, d'une beauté à couper le souffle, et il en jouait. Son charme a fait des ravages. Quelques verres, quelques rires, des allusions coquines, la chaleur de l'été, nous avons fini par avoir une aventure, une passion enflammée qui s'est transformée en histoire sérieuse. Le type de relation qui chamboule tout, qui explose dès le début en un florilège de sentiments. J'étais folle de cet homme plein d'assurance, j'aurais pu aller au bout du monde avec lui. J'ai d'ailleurs tout plaqué pour travailler au sein de sa société et l'aider à la développer.

— Tu es heureuse ?

— Évidemment, réponds-je.

— Alors, tant mieux.

Charlotte passe son bras autour de mon épaule. Il n'y a rien à ajouter. Nous restons ainsi quelques minutes, à regarder Raphaël s'amuser dans le bac à sable. Son sourire fait oublier pendant un instant tous les tracas de la vie.

Chapitre 2

Lyanne

Lorsque j'arrive chez nous, Vincent n'est pas encore rentré. Nous habitons dans une superbe villa, rue des falaises beaurivage. La vue sur l'océan est à couper le souffle. J'ai insisté pour m'installer ici. Je ne voulais pas m'éloigner de l'eau, c'est vital pour mon équilibre. Je suis à deux pas de la plage, ce qui me permet d'aller surfer, ou de simplement m'allonger sur le sable pour lire, ou réfléchir. Mon petit coin de paradis. Je me dirige vers la cuisine pour me servir un verre d'eau. Vincent travaille comme un fou pour développer l'entreprise familiale dont il a hérité. Il s'agit d'une société de mise en relation entre client et professionnel. Des personnes font appel à Vincent pour trouver un plombier, une organisatrice de mariage, un électricien, une baby-sitter, un chauffeur, en bref, une série de services, sans avoir à démarcher eux-mêmes. Mon mari a investi toutes les économies de notre couple dans ce projet, délaissant au passage mes rêves. J'étais d'accord, j'ai donné mon feu vert. Je voulais qu'il soit heureux, alors je me suis laissée convaincre de partager cette aventure. Nous avons passé des heures au bureau à élaborer des stratégies marketing, à développer le portefeuille clients, à embaucher des intervenants compétents et de confiance. Nous avons sans cesse de nouvelles idées et nous ne comptons pas nos heures.

Avant, j'avais un super poste dans une maison d'édition. Grande lectrice, passionnée de littérature, j'ai dû mettre de côté mon envie de monter mon propre café littéraire. Vincent m'a promis que le jour où son entreprise marcherait bien, il m'aiderait à réaliser mon rêve. Alors je patiente…

Lorsqu'il passe la porte à 20 h 30, je suis installée à mon bureau, occupée à répondre aux mails reçus en fin d'après-midi. En une heure trente, j'ai dû remplacer une baby-sitter souffrante, trouver un électricien en urgence et régler un conflit entre un client insatisfait et un jardinier plutôt têtu. Un travail sans fin.

Vincent m'embrasse sur la joue et se rend dans la salle de bain pour prendre une douche rapide. Il est à peine sorti de la pièce qu'il est déjà au téléphone avec un client qui a besoin d'un peintre pour le lendemain, souhaitant repeindre son salon, sur un coup de tête. Un appel urgent bien évidemment. Les murs gris ne s'accordent plus avec le canapé marron et le tapis cuivre, achetés dans la journée. Il veut donc tout repeindre en blanc. Vincent n'a pas pris le temps de s'habiller. Il se balade en boxer, ses cheveux courts sont humides. Je peux apercevoir ses muscles qui se contractent lorsqu'il bouge. Je le dévore des yeux, comme à chaque fois. Même après cinq ans, il me fait toujours de l'effet, et pas qu'un peu.

Lorsqu'il raccroche enfin, je suis en train de déguster un verre de vin. J'ai terminé mon travail et je m'accorde une pause dans mon coin préféré de la maison, mon coin lecture. Il donne sur l'océan. Je l'ai fait installer sur mesure, deux ans plus tôt. Une magnifique bibliothèque en bois brut recouvrant un pan de mur entier, un fauteuil bleu électrique, confortable et moelleux, agrémenté d'un plaid et d'un coussin, un tapis chaleureux et une petite table ronde. Un coin cosy qui a pour effet de me détendre instantanément après une journée harassante.

— Demain, nous avons rendez-vous à 19 h pour dîner.

— Dîner avec qui ?

— Un nouveau client, il veut nous rencontrer pour parler du contrat.

— Tu sais très bien que je ne peux pas demain, répliqué-je en fermant mon livre.

— Qu'est-ce que tu me chantes là ? répond-il passablement énervé.

Il se sert une part de lasagnes, puis dépose l'assiette dans le micro-ondes avant de se tourner vers moi.

— Il y a la pièce de théâtre de Raphaël. Je te l'ai dit la semaine dernière, justifié-je calmement.

— Tu plaisantes ?

Il jette le torchon sur le plan de travail. Je suis stupéfaite par sa réaction.

— Pourquoi es-tu de mauvaise humeur ?

— J'ai l'impression que tu n'es plus dispo à 100 %, lâche-t-il.

— Tu te trompes, mais Raphaël fait partie de mes priorités.

— Et moi ? Et nous ?

Je me lève après avoir déposé le livre sur la petite table ronde. Je sais que Vincent est stressé et je ne veux pas gâcher la soirée.

— Vincent, on travaille ensemble, j'ai tout plaqué pour toi, je viens de passer une heure et demie à répondre aux mails des clients, j'ai le droit de souffler une fois de temps en temps.

— De temps en temps ?

— Oui…

— Et où étais-tu en fin d'après-midi pendant que j'étais encore en rendez-vous ? Avec Raphaël ? Avec Charlotte ? Avec Baptiste ?

— Où est le problème puisque j'ai quand même terminé tout ce que je devais faire ?

Vincent se calme et s'approche de moi.

— J'ai besoin de toi, bébé. Sans toi, cette société ce n'est plus la même chose.

— Et je suis toujours là.

Je saisis sa main avec douceur.

— Et je serai toujours là, mais ma famille compte aussi.

— Et moi ? Je ne suis pas ta famille ?

— Évidemment que si, mais j'ai de la place pour vous tous.

Vincent souffle, l'air penaud. Il culpabilise de m'avoir crié dessus. Comme toujours, il s'enflamme et se calme aussi vite qu'il s'est emporté. Il faut le voir s'énerver ! Une vraie tornade, un feu d'artifice, ça peut exploser en une seconde et s'apaiser tout aussi rapidement. Il a le sang chaud, mais avec le temps, j'ai appris à calmer ses ardeurs. Moi qui étais tête brûlée, tout aussi impulsive que lui, j'ai dû me tempérer pour que notre couple tienne la route.

— Pardon, chérie, je suis… j'étais…

— Ce n'est pas grave.

— Tu peux aller à ton spectacle, je me débrouillerai.

— Merci.

Je me hisse sur la pointe des pieds pour l'embrasser.

— Je trouve que ça fait longtemps que nous n'avons pas passé un moment tous les deux, rien que tous les deux, sans le travail.

— Tu veux dire des vacances ? s'étonne-t-il.

— Pas forcément, je parle surtout de profiter de la vie, de manger au restaurant, d'aller au cinéma, en week-end.

— C'est vrai, et je t'assure que dès que nous le pourrons, nous prendrons du temps pour nous. C'est juste que cette société vient de mon père, tu comprends ? C'est tout ce qu'il m'a laissé, j'ai envie qu'il soit fier, j'ai envie de réussir. Je n'ai pas envie que tout s'écroule au bout de quelques années.

— Crois-moi, après tout le travail fourni, la boîte n'a jamais aussi bien marché qu'aujourd'hui, ton père est fier de toi, j'en suis certaine !

Il me prend dans ses bras et me serre contre lui. Je hume son parfum, il sent le gel douche boisé. Je n'ai qu'une envie, faire glisser mes doigts sur sa peau. Je me colle un peu plus à lui, prête à laisser nos corps enflammer le canapé du salon ou le plan de travail de la cuisine. Qu'importe, j'ai juste besoin qu'il me fasse l'amour, là, tout de suite, mais il desserre son étreinte, attrape son assiette et va s'installer devant la télévision. Je reste plantée sur place, le corps en émoi, frustrée. Comme chaque soir, il ne lève pas le nez de son téléphone, traitant les mails et les demandes urgentes avant d'aller dormir. Je suis sur ma faim. Émoustillée par celui qui fait battre mon cœur. Alors je vais me coucher, seule. Il me reste encore les rêves et ma grande imagination pour passer une nuit torride.

Chapitre 3

Lyanne

Biarritz s'éveille à peine. Il n'est que 7 h, mais je suis déjà sur la plage. J'adore surfer, tôt le matin, avant que les habitués et les touristes n'envahissent les lieux. Bien sûr, la saison estivale n'a pas encore débuté, mais dans quelques heures, l'endroit grouillera de monde. J'aime profiter de ce moment de grâce. À mes yeux, il n'y a rien de plus fabuleux que le soleil qui se lève tout doucement pour éclairer la ville qui s'éveille à peine. J'adore le bruit des vagues qui lèchent le sable. Je me sens libre et vivante au milieu de l'océan. Après avoir pris quelques secondes pour observer ce paysage magnifique, j'inspire une grande bouffée d'air frais. Mon rituel. Je suis prête.

Je salue quelques habitués qui apprécient, tout comme moi, de surfer le matin, et je me lance dans l'eau. Je me laisse glisser jusqu'à l'horizon, je pourrais continuer ainsi durant des heures, sans but, sans destination, juste moi et l'océan. Parfois, je reste même immobile, assise ou allongée sur ma planche à regarder le soleil se lever, les bateaux quitter le port ou les oiseaux inonder le ciel. Je profite de ces moments pour me détendre, et j'en ai bien besoin avec la vie que je mène. Mais ce matin, j'ai envie de vibrer, alors je guette la vague. Lorsque je la vois arriver, puissante, déterminée, prête à avaler la plage, je me mets en position. En une fraction de seconde, je suis en équilibre, emportée par l'eau, vigoureuse et majestueuse, qui me ramène vers la rive. Cette sensation est grisante, enivrante. C'est presque une drogue. Quand vous avez goûté à la glisse, rien ne peut vous en éloigner.

**

*

Charlotte

— Tu la trouves comment celle-ci ?

— Jolie, mais je préférais la rouge, ça va mieux avec ta couleur de cheveux.

— Ah oui ? Attends je vais l'essayer à nouveau.

Baptiste m'a proposé d'aller dîner au restaurant ce soir. Je suis tellement anxieuse au regard de son comportement distant que je veux mettre toutes les chances de mon côté pour que la soirée soit réussie. J'ai donc décidé qu'une nouvelle tenue s'imposait.

Je m'éclipse dans la cabine, tandis que Lyanne est absorbée par son téléphone.

— Tu as surfé ce matin ?

— Oui.

— Il faudra que tu m'inities un jour !

— Ça fait des années que tu me dis ça.

— Je sais, je ne trouve jamais le temps, mais j'adore l'océan, tout comme toi, il faudrait que je teste.

Même si j'aime l'eau, je ne suis pas vraiment sportive. Et il est vrai que je manque cruellement d'équilibre. Ce qui en soit est un handicap pour le surf, je vous l'accorde ! J'entends Lyanne glousser, mais je ne me vexe pas. Je suis sûre qu'elle est en train de m'imaginer sur une planche. Même moi, ça me fait sourire. Ce serait une séance de rigolade assurée.

— Cet été, si tu veux.

— D'accord. Alors ? dis-je en tirant le rideau de la cabine.

— Ah oui, y'a pas photo, la rouge est canon.

Je dois dire qu'elle est vraiment splendide cette robe. Avec un col en V, elle est cintrée à la taille et fluide à partir des hanches. Je me trouve assez sensuelle.

— Faudra que tu la mettes avec tes escarpins noirs.

— Bonne idée.

— Et avec ta petite pochette.

— Celle avec la boucle devant ?

— Oui !

— Tu as raison. Tu crois qu'il va aimer ?

— Il va en tomber à la renverse.

— Je ne suis pas certaine de lui faire encore ce genre d'effet.

— Arrête tes bêtises, il est fou de toi !

Je souris. Je sais que je suis d'une nature anxieuse et stressée. Je ne peux pas m'en empêcher, j'imagine toujours le pire. Mais je connais Baptiste, je suis sûre qu'il me cache quelque chose. Je me suis préparée à tout entendre. Ce soir, il va sûrement m'avouer ce qui le tracasse : une maladie, une maîtresse, un souci de boulot, des dettes, l'alcool, un enfant caché. Je suis passée par toutes les hypothèses. Et je suis pressée de connaître la vérité. On pourra tout affronter, on est solides ! Mais j'ai besoin de savoir.

**

*

Baptiste

Lorsqu'elle passe la porte du restaurant, je suis stupéfait. Elle est magnifique. Je l'ai toujours trouvée sublime, dès nos retrouvailles et à chaque seconde depuis ce jour-là. Je n'ai espéré qu'une chose, il y a neuf ans, passer ma vie auprès d'elle. Et jusque-là, tout s'est déroulé à la perfection. Heureux, amoureux, un petit garçon exceptionnel, une maison agréable, des emplois qui nous emplissent de satisfaction. Jusqu'à aujourd'hui, tout est parfait... Mais depuis quelques semaines, j'ai un secret, j'attends le moment idéal pour le dévoiler. Mais il n'y en a pas vraiment, car qu'importe le moment, mes mains seront moites, mon cœur battra la chamade, mes jambes trembleront. Je dois en passer par là, je dois me jeter à l'eau et tout avouer à Charlotte.

Elle s'approche de la table, je me lève pour l'embrasser et tirer sa chaise.

— Tu es splendide ! dis-je en me rasseyant.

— Merci, chéri. Tu es très beau aussi.

— J'espère que tu as faim, le menu fait envie.

— Oui.

En réalité, je vois bien qu'elle est anxieuse et qu'elle semble avoir l'estomac noué comme à chaque fois qu'elle angoisse. Mais elle fait bonne figure. Elle sait. Elle me connaît, mais elle ne s'attend sûrement pas à ça !

— Comment s'est passée ta journée ?

— Très bien, nous sommes allées en ville avec Lyanne.

— Ah oui ? Je me disais bien que je ne connaissais pas cette robe. Le rouge te va si bien.

Je prends sa main. Je vois qu'elle n'attend qu'une chose : que je parle enfin, que je me lance.

— Est-ce qu'il y a une raison particulière à cette soirée ? questionne-t-elle, subtilement.

— Ça faisait longtemps que nous n'étions pas allés au restaurant, j'avais envie d'une sortie en tête à tête, réponds-je nerveux.

— C'est une bonne idée !

Le dîner se déroule calmement sans que nous n'abordions de sujet délicat. Nous en profitons pour parler du chemin parcouru, de Raphaël, de notre vie ensemble, de nos projets. Nous avons l'impression d'avoir dix ans de moins et de discuter de l'avenir comme des jeunes gens insouciants. Chacun veut éviter d'arriver au moment fatidique, de peur que tout bascule irrémédiablement.

**

*

Charlotte

Lors des silences, je me surprends à observer l'homme qui partage ma vie. Il n'a pas beaucoup changé avec les années. Bien sûr, quelques rides ont fait leur apparition, notamment sur son front, mais ses yeux bleus sont toujours aussi doux et bienveillants lorsqu'ils se posent sur moi. Ses cheveux blonds ont une légère teinte cuivrée, tout comme sa barbe naissante. Je raffole de cette petite barbe de deux jours, alors Baptiste la taille au lieu de la raser pour me faire plaisir. Cela lui donne un air sexy à la Owen Hunt[1] dans *Grey's Anatomy*.

Le repas terminé, nous décidons de nous balader en ville. Main dans la main. Nous marchons sans prononcer un mot, appréciant l'instant, le silence, le calme ambiant. Les rues ne sont pas très fréquentées à cette période de l'année. Emmitouflée dans mon manteau, j'enfouis mon nez dans mon écharpe, me demandant quand il va enfin se lancer. Je ne tiens plus, je dois savoir.

Nous bifurquons dans un grand parc arboré. Au centre, se trouvent des jeux pour les enfants et des jets d'eau, mais en cette soirée de février, il est quasiment désert.

— Tu te souviens de ce banc ?

— Bien sûr, dis-je en souriant. C'est ici que nous nous sommes embrassés pour la première fois.

Baptiste acquiesce. C'est si loin et si proche en même temps. Tant de choses se sont passées depuis.

— Et c'est ici que je t'ai dit « je t'aime » pour la première fois.

— Je m'en souviens.

— C'est juste un banc, je le sais bien, mais je trouve que cet endroit est particulier, symbolique. On a souvent amené Raphaël ici et on n'a eu que des bons moments dans ce parc.

---

[1] Owen Hunt est un personnage de fiction de la série télévisée Grey's Anatomy diffusée sur la chaîne américaine ABC, interprété par Kevin McKidd.

— C'est vrai !

— Assieds-toi.

J'obtempère. Mon cœur est sur le point de s'extirper de ma poitrine. L'instant tant redouté est arrivé. J'inspire et je me prépare à entendre le pire. Je sens déjà les larmes pointer au coin de mes yeux, mais je serre les dents. Je ne dois pas craquer.

— Ma chérie, depuis neuf ans, nous partageons la vie l'un de l'autre. Nous avons traversé des périodes difficiles qui nous ont rapprochés, nous avons un fils qui nous comble de joie et sans toi mon existence n'aurait pas la même saveur.

Il marque une pause.

— Je t'aime de tout mon être et je ne me vois pas passer une seconde sans toi, tu es tout ce que je souhaitais. Une compagne formidable, intelligente, altruiste, sensible, une maman extraordinaire, je ne pouvais rêver mieux. Mais...

Je suis sur le point de défaillir. Ce « mais » est atroce, horrible, affreux. Il annule toutes les merveilleuses paroles qu'il vient de prononcer.

— Ça ne me suffit pas, ça ne me suffit plus.

Je crois que mon cœur s'est arrêté. Il va falloir me réanimer sous peu ! Mes lèvres, mes mains, mes jambes tremblent, je ne vais pas pouvoir retenir mes larmes plus longtemps.

Contre toute attente, il met un genou à terre et sort un écrin rouge de sa poche intérieure. Je hoquette de surprise.

— Et je veux plus, je veux tout ! Est-ce que tu acceptes de devenir ma femme ?

Il ouvre l'écrin. Je n'ai même pas le temps d'observer la bague, je lui saute au cou en criant « oui ». Je suis si soulagée.

— Je t'aime, je t'aime, je t'aime, murmuré-je à son oreille, tandis que je me serre contre lui.

— Je t'aime aussi, mon amour.

Je recule pour qu'il puisse me *passer la bague au doigt.*

— Alors c'était ça que tu me cachais depuis tout ce temps ?

— Oui, répond-il en s'esclaffant, j'avais tellement peur de tout gâcher.

— Je me suis torturé l'esprit en imaginant mille choses.

— Je suis désolé.

Je suis soulagée. Je peux enfin respirer.

Nous reprenons la voiture et je ne peux m'empêcher de regarder ma bague, encore et encore. Comme si elle allait disparaître. Je veux mémoriser chaque instant de cette soirée. Chaque odeur, chaque sensation, chaque parole prononcée.

— Chéri, tu as loupé l'embranchement.

— Nous n'allons pas à la maison.

— Ah bon ?

— Ma surprise n'est pas terminée, je voulais que ce moment soit spécial donc nous avons tout le week-end devant nous.

— Le week-end ?

— Lyanne nous garde Raphaël, je nous ai réservé un chalet jusqu'à dimanche soir.

L'idée m'enchante, car je ne veux pas que ce moment s'arrête et que l'on revienne à la réalité. J'ai envie de rester sur mon petit nuage avec l'homme de ma vie. Mon cœur pourrait exploser tant il est rempli de joie et de bonheur. C'est aussi enivrant qu'effrayant.

Nous avons passé un week-end inoubliable. En secret, Lyanne avait préparé ma valise, l'essentiel pour deux jours en amoureux.

Nous avons profité de la campagne, de la nature enneigée. Nous avons fait des balades main dans la main, nous avons discuté tard dans la nuit devant le feu de cheminée, fait l'amour, plusieurs fois. Un vrai retour aux sources, comme une envie de nous retrouver, de savourer l'instant sans penser au reste.

Chapitre 4

Charlotte

— Maman !

J'ai à peine ouvert la porte d'entrée que Raphaël court vers moi et me saute au cou. Lyanne, restée en retrait, guette mon regard pour savoir si le week-end s'est bien passé. Elle semble satisfaite lorsqu'elle aperçoit le large sourire que je lui adresse. Elle glousse même en voyant les attentions de Baptiste envers moi, m'embrassant tendrement ou me frôlant la main en passant.

— Merci d'avoir gardé Raphaël, dis-je en la serrant dans mes bras.

— De rien, on s'est bien amusés. Pas vrai, mon loulou ?

— Oh oui alors ! On a regardé des dessins animés, on a fait une bataille de coussins, on a mangé des gaufres au chocolat et tata a joué avec moi aux chevaliers.

— Ouh effectivement, vous avez l'air de vous être amusés, constaté-je en déposant mon sac sur le plan de travail de la cuisine. Il est l'heure d'aller se coucher.

— Oh déjà ?

— Eh oui, tu as veillé tard pour nous attendre, mais maintenant au dodo.

— D'accord, répond-il, déçu.

— Bonne nuit, loulou, lui glisse Lyanne en ébouriffant ses cheveux.

— Je monte, ajoute Baptiste. Je vais lui lire son histoire.

Il m'embrasse sur la joue et rejoint Raphaël qui grimpe déjà l'escalier. Lyanne attend impatiemment les détails croustillants du week-end, mais je la fais patienter en me dirigeant vers le placard de la cuisine pour en sortir des tasses et du thé.

— Alors ? quémande-t-elle, n'y tenant plus.

Je mets l'eau à bouillir puis je m'approche d'elle, un grand sourire sur les lèvres. Je lui montre ma main gauche.

— Il m'a demandée en mariage.

— Aaaahhh, crie Lyanne, tu plaisantes !

Elle se jette à mon cou.

— C'était ça qui le tracassait ? dit-elle en observant le bijou.

— Oui, il ne savait pas comment garder le secret sans tout gâcher, alors il m'évitait.

— Je t'avais dit que tu t'inquiétais pour rien.

Elle me serre à nouveau dans ses bras.

— Je suis si heureuse pour vous.

— Merci, petite sœur. Je suis comblée.

— Il y a de quoi, tu as le mec parfait, le fils parfait, la vie parfaite.

— Ça me fait peur.

— Qu'est-ce qui te fait peur ? demande-t-elle en reculant.

— Tout est trop parfait, j'ai peur qu'un drame nous frappe.

— Arrête tes sottises, tu es trop stressée. À propos de tout ! Écoute-moi pour une fois, c'est juste le bonheur, profites-en !

— Tu as raison !

La bouilloire se met à siffler, je regagne la cuisine tandis que le téléphone de Lyanne émet un bip.

Elle le regarde et souffle.

— Un problème ?

— Non, non.

Elle range le smartphone dans son sac.

— Pas à moi... réponds-je en remplissant deux tasses.

— Vincent rentrera tard, il est encore au bureau.

— À 21 h ?

— Que veux-tu, il ne sait pas décrocher.

— Et ça te convient ?

— Parfois je culpabilise de vouloir plus.

Un voile de tristesse s'empare de son regard.

— Écoute-moi, le travail ne fait pas tout, ce n'est pas ça la vie. Tu as le droit de souffler, de voir ta famille. Il ne peut pas t'en empêcher.

— Il ne m'empêche pas de vous voir, c'est juste que...

Je jette un regard sévère sur ma petite sœur. Hors de question de la laisser se flageller !

— Il veut m'avoir près de lui.

— Comme un bon toutou.

Je regrette immédiatement d'avoir osé prononcer tout haut ce que je pense tout bas.

Depuis le début de sa relation avec Vincent, Lyanne a changé du tout au tout, se conformant au moule dans lequel il souhaite inconsciemment la mettre. Nous nous sommes inquiétés, avec Baptiste, car nous l'avons vue changer, tout doucement, progressivement, petit bout par petit bout. Elle s'oublie au profit de l'homme qu'elle aime, au point de se mettre entre parenthèses. Pour autant, on ne veut qu'une chose, qu'elle soit heureuse, alors nous guettons patiemment, prêts à intervenir pour l'épauler si besoin.

Baptiste nous rejoint. Il s'installe sur un tabouret haut tandis que je lui sers du thé. Il nous observe et sent le malaise qui a envahi la pièce.

— Que se passe-t-il ?

— Rien du tout, grogne Lyanne.

— Nous parlions de Vincent.

— Ah...

— Charlotte le déteste.

— Ce n'est pas ce que j'ai dit ! Je crois juste qu'il pense un peu trop à lui et pas assez à toi.

— Est-ce mal de vouloir réussir dans la vie ? s'énerve Lyanne.

— Absolument pas, mais il n'y a pas que le travail.

Je supplie Baptiste du regard pour qu'il intervienne.

— C'est simplement qu'on s'inquiète, dit-il enfin.

— C'est-à-dire ?

— C'est-à-dire que tu as changé depuis que tu es avec Vincent.

— Je ne trouve pas. Je travaille juste un peu plus qu'avant.

— Beaucoup plus, mais es-tu heureuse ?

— Oui.

— Difficile à croire.

— On bosse beaucoup.

— Et ton rêve à toi, tu y penses ? dis-je, agacée.

— Ça viendra lorsque la société de Vincent sera plus sûre. On ne peut pas se lancer maintenant.

— Ça fait deux ans que tu nous répètes ça ! Le temps passe et je ne te trouve pas si épanouie !

— Comment peux-tu te permettre de juger ma vie ? répond-elle, à cran.

— Je t'arrête tout de suite, Lyanne, intervient Baptiste. Si tu nous dis que tu es heureuse, nous te laissons tranquille, mais dans le cas contraire, tu sais que ta sœur et moi serons là pour t'épauler.

— Je ne vois pas de quoi tu parles, s'énerve-t-elle, je suis très heureuse, j'ai enfin tout ce que je souhaitais !

— Très bien.

La discussion s'est arrêtée aussi rapidement qu'elle a commencé. Lyanne est rentrée chez elle, énervée et vexée. La jolie soirée de famille s'est transformée en cataclysme.

Chapitre 5

Lyanne

Il est 22 h et Vincent vient à peine d'arriver. Je ne suis pas du genre jalouse, mais je commence à me poser des questions. Il rentre souvent tard, enfin, plus tard que d'habitude. Après la discussion avec Baptiste et Charlotte, l'autre soir, il est rentré après minuit. J'ai senti les vapeurs d'alcool lorsqu'il a passé la porte de la chambre. J'ai feint de dormir pour ne pas subir une nouvelle confrontation, tentant de me convaincre qu'il avait dû aller boire un verre après le travail. Il ne m'a plus fait l'amour depuis trois semaines, lui qui est plutôt du genre insatiable. Quand je lui en parle, il explique qu'il est fatigué. Rien de très convaincant, je ne le crois qu'à moitié.

Je m'observe quelques minutes dans le miroir. La routine a gagné notre couple. Quelque part, je me dis qu'il est normal que mon mari ne me regarde plus. Adieu tenues sexy, dîners romantiques, bas résille et talons hauts. Nous sommes tombés dans une sorte de vie plan-plan. Plus de feu d'artifice, plus de folie. Rien. Alors que c'est comme ça que tout a commencé. Le sexe était essentiel pour nous, pour notre équilibre, pour notre complicité. Il en a toujours été ainsi, jusqu'à ces dernières semaines... Vincent est beau, musclé, charmeur. Il réussit et je sais bien que beaucoup de jeunes femmes lui tournent autour. Je sens bien qu'il nous manque un truc, il nous manque l'insouciance et le piment que nous avions au début. C'était facile, c'était inhérent à notre couple. Je me précipite vers mon chiffonnier et en sors une nuisette noire transparente. Cette jolie tenue épouse mes formes et laisse apparaître chaque détail excitant de mon anatomie. Je détache mes cheveux et leur donne un peu de bouffant avant de m'asperger de quelques notes de parfum enivrant. Je vérifie dans mon sac et y trouve un rouge à lèvres. Parfait. Je me regarde à nouveau dans le miroir, c'est bien mieux. Je m'allonge sur le flanc. Prête à séduire mon mari.

Vincent sort de la salle de bain. Il est toujours aussi séduisant. Ses cheveux bruns sont encore humides. Ses fesses sont parfaitement moulées dans un petit boxer blanc. Ses muscles sont sublimement éclairés par les lampes de chevet. Il marque un temps d'arrêt en me voyant sur le lit.

— Bébé, qu'est-ce que tu fais ?

— Je t'attendais, dis-je en tapotant le matelas pour lui faire signe d'approcher.

Il hésite. Il n'avance toujours pas, et je commence à me sentir stupide.

— Viens, mon cœur, s'il te plaît.

Il sourit et s'approche de moi. Je le sens se détendre. Nous reprenons nos marques, nous nous retrouvons. Tout est de nouveau sur les rails. Notre relation a toujours été explosive. Nous avons passé beaucoup de temps à l'horizontale et je me doute bien que cette absence de sexe dans notre couple nous éloigne petit à petit. Nous avons besoin de renouer et ce soir, je compte bien rappeler à mon mari à quel point nous sommes faits l'un pour l'autre. Je le fais basculer et le chevauche. J'aperçois du désir dans son regard, je sens qu'il a envie de moi. Je me perds dans ses beaux yeux noirs, ténébreux, envoûtants. Ses sourcils épais, sa peau parfaitement rasée et l'odeur de son gel douche boisé finissent de me séduire.

— Oh, bébé, tu m'as tellement manqué, souffle-t-il tandis que je me penche pour l'embrasser dans le cou.

Et je comprends. Je comprends que nous sommes deux idiots, deux adolescents incapables de faire le premier pas, incapables de faire un pas vers l'autre. Il suffisait de pas grand-chose pour raviver cette petite flamme.

**

*

Cela fait une heure que j'essaie de me concentrer sur mes dossiers, mais rien à faire, mon esprit vagabonde. Je n'arrête pas de penser à la nuit que je viens de passer. Je sens son souffle dans mon cou, la chaleur de son corps, ses mains qui caressent ma peau. Je tente de me replonger dans le dernier contrat en date, mais je relis plusieurs fois la même ligne, incapable de travailler. Je décide de faire une pause, une vraie. Je me lève et me prépare un café. Mon bureau est décoré aux couleurs de la société : vert et gris. C'est zen et apaisant. Une grande plante verte trône dans un coin ainsi qu'un petit bambou posé sur le bureau en bois verni. Nous avons passé tellement d'heures à réfléchir aux locaux, aux couleurs, au logo. Tant d'années à travailler comme des fous. J'ai peur que tout s'arrête. Je ne suis pas du genre à me méfier et à être anxieuse. C'est le rôle de ma sœur. Non, je suis plutôt tête en l'air, impulsive, tête brûlée. J'aime prendre la vie comme elle vient, sans me torturer l'esprit. Enfin, j'étais comme ça. J'ai peut-être un peu changé après tout. On change tous avec le temps, non ?

Je suis sortie de mes pensées par la sonnerie de mon portable.

— Bonjour, ma sœur préférée.

— Tu n'as qu'une sœur !

— C'est bien pour ça que tu es ma préférée.

Charlotte pouffe au bout de la ligne.

— J'ai besoin que tu me rendes un service.

— Dis-moi tout !

— Ma voiture est en panne, elle refuse de démarrer et Baptiste est avec un client, tu peux venir nous chercher ?

— Bien sûr. À quel endroit ?

— Je suis devant l'école.

— À 18 h 45 ?

— Oui, nous avions une réunion ce soir, on a terminé il y a quinze minutes, mais cette fichue voiture fait des siennes.

— J'arrive, ne t'inquiète pas.

— Merci !

J'éteins mon ordinateur à la hâte, j'attrape mon sac et me presse de rejoindre Charlotte et Raphaël.

— Ah voilà notre sauveuse ! lance ma sœur en me voyant sortir de la voiture.

— Alors toujours rien ? je m'enquiers.

— Non, il n'y a rien à faire, elle refuse de démarrer, c'est peut-être la batterie. Baptiste m'a dit de la laisser là, il viendra la voir après son rendez-vous.

— Très bien, allons-y dans ce cas.

— Merci encore d'être venue nous chercher, sœurette, souffle Charlotte tandis que nous montons en voiture.

— C'est normal ! Pourquoi est-ce qu'il boude ? je demande en jetant un coup d'œil dans le rétroviseur intérieur.

— Je n'ai pas pu aller au parc ce soir à cause de ma réunion, et Raph a été insupportable, à gigoter dans tous les sens, et à râler parce que c'était trop long.

— Tu aurais dû me le dire, je l'aurais gardé.

— Je n'allais pas te déranger. Baptiste devait s'en charger, mais il a été appelé au dernier moment.

— Et si on chantait une chanson, tenté-je pour désamorcer la situation.

Mon petit neveu relève la tête. Il nous voit lui sourire.

— *Ouiii* ! crie-t-il.

Charlotte détache sa ceinture de sécurité, pour pouvoir attraper son sac à main, laissé derrière mon siège. Elle en sort une clé USB et l'insère dans l'autoradio. C'est notre truc à nous. En voiture, on aime chanter, crier, hurler. C'est souvent faux, on ne connaît pas toujours les paroles, mais tant pis, on adore ça !

Grégory Lemarchal[2] envahit alors l'habitacle avec sa chanson « Je suis en vie ». Pas une chanson récente, je vous l'accorde, mais

---

[2] Grégory Lemarchal est un auteur-compositeur-interprète français, né le 13 mai 1983 à La Tronche (Isère) et mort le 30 avril 2007 à Suresnes (Hauts-de-Seine) des suites de la mucoviscidose.

dans la famille, nous sommes des grandes fans de cet artiste. Raphaël mime la batterie que l'on entend dès les premières notes, tandis que nous sourions, heureuses de le voir se détendre. Grégory entame son couplet et nous chantons avec lui.

La mauvaise humeur a laissé place à la joie.

Si seulement nous avions su...

En un quart de seconde, notre vie a basculé à tout jamais. Il n'en faut pas plus pour que le destin vous frappe et anéantisse tout le bonheur que vous avez construit.

Je n'ai pas le temps de freiner, ni même de réagir. La voiture débouche sur la droite. Elle arrive à toute vitesse et nous percute violemment. Nous faisons plusieurs tonneaux avant de nous stabiliser contre un poteau, quelques mètres plus loin.

Le choc est brutal, terrible, inattendu. La scène semble se dérouler au ralenti et pourtant tout ne dure que quelques secondes. Juste le temps de briser une famille.

C'est là que je l'entends... le silence... Il n'y a plus un bruit, plus de musique, plus de voix qui chantent, pas de pleurs, pas de cris. Simplement le néant.

J'ouvre les yeux, tant bien que mal, et je tente de bouger. Je me tourne pour regarder ma sœur, tout en essayant de me souvenir de ce qu'il vient de se passer, observant les détails autour de moi. Je suis frappée par les odeurs qui se mélangent : le brûlé et le caoutchouc.

Je ne peux que pousser un cri en trouvant Charlotte, étendue sur le capot, à travers le pare-brise éclaté, la tête et le corps ensanglantés. Je me ressaisis en pensant à mon neveu. Malgré la douleur, je parviens à m'extraire du véhicule après avoir retiré ma ceinture de sécurité et décalé la portière avec mes pieds. J'entends des grincements à chacun de mes mouvements. Mon bras gauche me fait terriblement souffrir, je ne peux m'en servir que difficilement. Je me traîne vers la porte arrière de la voiture, Raphaël est inconscient. Je passe par la vitre qui a été brisée sous l'effet du choc, la portière est inutilisable, comme pliée en deux. Je prends le pouls de mon neveu. Il respire.

Je l'appelle à plusieurs reprises, tout en tentant de défaire sa ceinture.

— Raphaël ! Raphaël ! Tu dois te réveiller !

Il finit par émerger, difficilement. Lorsqu'il ouvre les yeux, il panique. Les souvenirs de l'accident doivent lui revenir en mémoire.

— Je suis là, mon loulou, n'aie pas peur, je vais te sortir de là... Est-ce que tu as mal quelque part ?

Il hoche la tête en indiquant ses jambes. Elles sont coincées par les sièges avant.

— Ne bouge pas d'accord ? Je vais voir maman.

Je me précipite pour faire le tour du véhicule, je tente d'atteindre ma sœur, mais avec le verre brisé et les débris, j'ai beaucoup de difficultés à la toucher. Je ne parviens pas à savoir si elle respire encore. Je tremble de tout mon être. J'ai peur.

— Maman ! crie Raphaël. Maman !

J'entends les sanglots et la panique dans sa voix.

— Maman est là, mais elle ne peut pas répondre, ne t'inquiète pas.

Les pleurs redoublent. J'essaie de garder mon calme.

Des témoins de l'accident arrivent enfin à notre hauteur. L'un d'eux appelle les secours, tandis qu'un autre tente de débloquer les jambes de mon neveu. Une troisième personne court vers le conducteur du second véhicule. Mais il est trop tard.

Je ne sais pas vraiment ce qu'il s'est passé ensuite. Je me rappelle les gyrophares, les voix des secouristes qui me demandent si je les entends. Je me souviens aussi des pleurs, des cris de Raphaël et du corps inerte de ma sœur.

Le temps s'est figé, je suis hors de la réalité, déconnectée, incapable de réagir, de parler, de décider quoi que ce soit. Je me laisse guider, espérant intérieurement qu'il ne s'agit que d'un cauchemar, un simple cauchemar.

Chapitre 6

Lyanne

J'ai des difficultés à ouvrir les yeux. Ils se referment par intermittence comme éblouis par la luminosité alentour. Je perçois des voix autour de moi, pourtant tout est flou.

— Bébé, tu m'entends ?

Vincent…

— Bébé ? Je suis là.

Je parviens enfin à garder les yeux ouverts, j'observe Vincent quelques instants, puis la pièce dans laquelle je me trouve. Le néon placé au-dessus de mon lit, les murs blancs, impersonnels, l'odeur de désinfectant et de médicament. Tout n'est que tristesse en ce lieu.

— J'ai soif, murmuré-je difficilement.

Vincent attrape un verre et le remplit d'eau grâce à la bouteille présente sur la petite table, près du lit. Il m'aide à me redresser afin que je puisse boire.

— Je suis à l'hôpital ? je demande, toujours dans un murmure.

— Oui, depuis deux jours, tu as dormi presque en continu.

Je tente de me souvenir des événements précédant mon admission à l'hôpital. Je me souviens d'une chanson, des rires, des pleurs aussi. Tout se mélange dans mon esprit. Il me caresse les cheveux.

— Tu te rappelles ce qu'il s'est passé ?

— Non... j'essaie, mais...

Je me tais, j'observe Vincent, il semble fatigué. Il a dû me veiller, cela se voit sur son visage. Il est inquiet, c'est évident. Cela me réchauffe le cœur.

— Tu as eu un accident, une voiture a brûlé un feu rouge et vous a percutés.

— Vous ?

La mémoire me revient brutalement, comme un électrochoc. Charlotte, Raphaël, la violence, la peur, le sang...

— Co... comment vont-ils ? Dis-moi qu'ils vont bien.

— Raphaël va bien, il n'avait que des contusions, il a eu beaucoup de chance. Ses jambes étaient bloquées par les sièges, mais il n'aura aucune séquelle.

Je me sens soulagée, mon petit neveu va bien.

— Et... et ma sœur ?

— C'est plus compliqué pour ta sœur... - Vincent marque une pause — elle est dans le coma.

— Oh non !

J'étouffe difficilement un sanglot avec mes mains.

— Je veux la voir ! dis-je en me redressant brutalement, bien décidée à me lever.

— Lyanne, tu dois te reposer, tu es encore faible et tu as été blessée au bras.

Je regarde mon bras, un gros pansement me bande l'avant-bras, il semble que l'on m'a recousue. Je prends un instant pour bouger mes membres, tout paraît fonctionner.

— Je n'ai eu que cette blessure ? je demande, surprise.

— Presque, tu as aussi eu une petite plaie sur le front et sur la lèvre, des contusions et une côte cassée. Tu t'en sors très bien. Vu l'état de la voiture, c'est un miracle !

Je reste silencieuse, me remémorant la scène. La collision, le bruit de la tôle froissée, le crissement des pneus sur le bitume, le choc lorsque nous avons heurté le poteau et surtout... le sang...

— Je veux la voir. S'il te plaît, appelle un médecin.

Vincent s'exécute. Après quelques examens rapides, le spécialiste m'autorise à me déplacer pour aller voir ma sœur. J'ai tellement insisté qu'il n'a pas vraiment eu le choix. Je me serais levée avec ou sans son accord. Il me précise quand même que je dois me ménager pour laisser le temps à mon corps de se rétablir. Je dois donc utiliser un fauteuil roulant pour le moment.

Tandis que je progresse dans le couloir monotone et grisâtre, mon cœur s'accélère, mes mains se mettent à trembler, j'ai peur de ce qui m'attend.

Lorsque je pénètre dans la chambre, je remarque immédiatement l'atmosphère morbide et pesante qui règne dans la pièce. Un faible néon éclaire la tête de lit, c'est plutôt sombre. Baptiste est assis sur une chaise, les coudes posés sur le bord du matelas, serrant la main de sa fiancée dans la sienne. Son visage est enfoui dans les draps, je perçois un sanglot étouffé. Pour briser ce lourd silence, il n'y a que le bip des machines.

Baptiste relève la tête lorsqu'il entend que je m'approche. Il a un moment de surprise suivi d'un sentiment de soulagement. Il essuie rapidement ses joues pour faire bonne figure. J'en profite pour me redresser, en m'appuyant difficilement sur les accoudoirs usés. Vincent veut m'en empêcher, mais il se ravise, il sait qu'il ne servirait à rien d'intervenir.

Je regarde Charlotte, étendue sur le lit, immobile. Mon cœur se brise. Ma sœur, mon unique sœur, ma confidente, ma meilleure amie, est blessée, inerte, par ma faute.

Je m'approche de Baptiste, celui-ci se relève pour me serrer dans ses bras. Nous restons ainsi quelques secondes, profitant de ce moment de douceur dans le chaos. Puis, je prends la main de Charlotte.

— Salut, sœurette, si tu voyais ma tête, tu rigolerais. Je n'ai pas bonne mine.

J'esquisse un faible sourire, puis j'embrasse son front.

— Comment va Raphaël ? je demande en regardant Baptiste.

— Bien, ne t'inquiète pas, il est à l'étage du dessus.

— Je suis tellement désolée, dis-je tout en éclatant en sanglots. Tellement, tellement désolée...

— Arrête, répond-il, tu n'y es pour rien, ce n'est pas de ta faute.

— On chantait, on riait, je n'ai pas vu la voiture, j'aurais dû être plus concentrée, j'aurais dû freiner. C'est allé si vite.

Je me remémore la scène tout en me tournant à nouveau vers Charlotte.

— C'est à cause de moi tout ça, je ne me le pardonnerai jamais.

— Écoute-moi, tu n'y es pour rien !

Il attrape mon bras pour que je le regarde.

— Ce n'est pas de ta faute ! Tu entends, Lyanne ?

— Est-ce... est-ce qu'elle va s'en sortir ?

Baptiste m'aide à m'asseoir, il s'installe dans le fauteuil en face de moi, tout en jetant un regard en direction de Vincent qui est resté en retrait.

Il prend mes mains dans les siennes, les yeux remplis de larmes, il ne parvient plus à se contrôler. Ce n'est pas bon signe. Mon cœur bat la chamade, je suis terrorisée, paralysée par la peur. Je ne veux pas entendre la suite, je ne veux pas que tout devienne réel. Je veux qu'il nous reste une chance.

— Lyanne… commence-t-il d'une voix douce, Charlotte a subi un lourd traumatisme crânien. Elle a un hématome sous-dural.

— Je… je ne comprends pas…

— Elle a une hémorragie dans le cerveau, ça a augmenté sa pression intracrânienne causant des lésions cérébrales irréversibles.

— Irréversibles ? je marmonne en sanglotant.

Mon menton tremble, mes lèvres n'arrivent pas à articuler le moindre mot, mes yeux et mes joues sont inondés de larmes.

— Qu'est-ce que ça signifie ? dis-je en me levant pour m'approcher de ma sœur. On peut la soigner, j'imagine qu'on peut diminuer la pression, on voit toujours ça à la télé et puis le coma c'est pour que son corps se repose.

Je tente de me rassurer, ou de me convaincre.

Charlotte semble paisible, sereine, comme endormie. Malgré les hématomes, les traces violacées sur son visage, le tube sortant de sa bouche, les bandages recouvrant ses bras, elle est digne et élégante.

Baptiste hésite, il fait un signe à Vincent pour qu'il s'approche. Mon mari se poste à côté de moi, je ne veux pas les regarder, je ne veux pas voir la peine dans leurs yeux, je ne veux pas comprendre.

— Lyanne, chuchote Baptiste, elle ne va pas s'en sortir.

— Quoi ? Qu'est-ce que tu racontes ? Évidemment qu'elle va s'en sortir, c'est ma sœur, elle est forte !

J'ai crié au lieu de parler. Je ne veux pas entendre la vérité. C'est inconcevable.

— Lyanne... tente Vincent, sans plus de succès.

Je ne les écoute pas. Il y a encore une chance, j'en suis sûre.

— Charlotte a toujours été la plus forte de nous deux, elle ne me laisserait jamais ! Elle va s'en sortir, appelez un médecin, je veux lui parler, on ira ailleurs s'il le faut.

— Lyanne, tente d'intervenir Baptiste en prenant ma main.

Je détourne le regard, les yeux humides, la voix tremblotante, j'essaie de me contenir.

— Regarde-moi, on l'a perdue, il faut lui dire au revoir.

— Non, crié-je en éclatant en sanglots, non... pas ma sœur, pas Charlotte, non...

Je me laisse tomber, mes jambes ne me portent plus. Toute énergie quitte mon corps. Vincent me rattrape avant que je ne m'écroule au sol. Baptiste reste devant moi, sanglotant à son tour. Il pose sa main sur le lit pour se retenir, il essaie d'être fort, pourtant la femme de sa vie est en train de nous quitter définitivement. Il n'y aura pas de mariage, leur fils n'aura plus de mère. Il doit tenir le coup pour Raphaël, pour moi, mais il n'a qu'une envie, hurler toute la peine qui a envahi son cœur, toute sa colère contre la vie, contre le conducteur du véhicule, contre le destin. Je le vois, il est comme moi, anéanti, brisé.

Je me tiens la tête entre les mains et me balance d'avant en arrière, les fesses posées sur mes talons.

Baptiste s'agenouille devant moi et me serre dans ses bras. Je continue de sangloter, trempant le tee-shirt de mon ami au passage. Je ne peux me contenir. La douleur, la rage et la culpabilité ont pris possession de mon cœur.

— Je ne peux pas vivre sans elle, murmuré-je. Elle est tout pour moi. Je ne peux pas...

— Je sais... Moi non plus. Mais on va s'en sortir, pour Raphaël, dit-il en me serrant plus fort.

Je lève la tête. Je regarde Baptiste, ses yeux vides. Toute vie a quitté son corps, il semble éteint. Il n'y a plus l'étincelle, celle du bonheur.

— Oh mon dieu, Raphaël, chuchoté-je.

Mon neveu va perdre sa maman. J'en suis d'autant plus anéantie.

— Je suis tellement désolée.

Les sanglots redoublent de nouveau.

— Chhhh, murmure Baptiste, ça va aller. On doit être forts pour Charlotte.

Chapitre 7

Lyanne

— Coucou, mon loulou.

Je viens d'entrer dans la chambre de Raphaël. Le petit garçon lève les yeux une fraction de seconde et se remet à trifouiller une peluche qu'il a sur les genoux.

Je m'approche et m'assois sur le lit. Il semble porter le poids du monde sur ses épaules. J'en ai le cœur brisé. Le voir si malheureux est une torture pour moi. Ce que je ressens n'est rien à côté de la douleur de la perte de sa mère.

— Papa a dit que maman allait monter au ciel.

— C'est vrai.

— Pourquoi ? demande-t-il en relevant la tête.

Ses grands yeux marron me fixent, comme si je pouvais avoir LA réponse, celle qui expliquerait ce drame, cette injustice, cette douleur.

— Parce que maman a été très blessée pendant l'accident.

— Mais les docteurs ne peuvent pas la soigner ?

— Non, malheureusement, ils ne peuvent pas.

— Mais pourquoi ? Ce sont des docteurs, c'est leur travail.

— C'est vrai, mais il y a des choses qu'on ne peut pas guérir.

— Est-ce que maman va m'oublier ?

— Bien sûr que non. Elle t'aime fort fort fort.

— Grand comme ça, dit-il en écartant les bras.

— Encore plus, mon loulou, encore plus…

— J'ai envie de voir maman, elle me manque.

— À moi aussi…

Je dois contenir mes larmes, l'innocence de Raphaël me touche au plus haut point, tout comme sa peine. J'aimerais le protéger de tout cela, mais je n'en ai pas le pouvoir.

**

*

— Je pense que Raphaël devrait voir Charlotte, dis-je tandis que Baptiste vient d'entrer dans ma chambre.

Il marque un temps d'arrêt, surpris par cette remarque abrupte.

— Sûrement pas.

— Écoute-moi, la dernière fois qu'il l'a vue, c'était pendant l'accident. Il y avait du sang, des débris partout, il souffrait. Il doit lui dire au revoir, l'embrasser, elle ne peut pas disparaître comme ça, d'un coup, du jour au lendemain sans qu'il ait la chance de lui parler.

Baptiste m'écoute attentivement, je sais qu'il comprend et qu'il veut le protéger.

— Je n'ai pas envie qu'il garde cette image de sa mère, sur un lit d'hôpital, avec des tubes et des machines.

— Je sais et je me suis dit la même chose, mais c'est sa maman, il a 6 ans, il a besoin d'un au revoir.

Baptiste a les larmes aux yeux. Comment affronter la perte de la mère de son enfant, de sa future femme ? Il a passé les neuf dernières années avec elle, il n'aime qu'elle, passionnément. Comment se remettre de ce drame ? de cette douleur ? Il se sent démuni et désemparé.
Je perçois sa peine et le prends dans mes bras.

— Ça va aller.

— Je l'aime tellement. Comment est-ce que je vais pouvoir vivre sans elle ?

Ses sanglots redoublent.

— Je sais. On va vivre pour elle, parce qu'elle l'aurait voulu. Ton petit garçon est sorti indemne de tout ça, c'est un miracle.

Il acquiesce puis essuie rapidement ses joues.

— Je te laisse, je retourne auprès de Charlotte.

Vincent arrive à son tour. Baptiste le salue avant de quitter la pièce. Il s'approche de moi tandis que je détourne le regard vers la fenêtre. Je retiens mes larmes. Devant Baptiste, j'essaie d'être forte, de le soutenir. Il va perdre la mère de son fils et je veux être présente pour lui. Mais je souffre aussi et là, j'ai besoin de craquer. Je me mords la lèvre pour tenter de contenir le flot de larmes qui menace d'inonder mon visage, mais lorsque Vincent pose une main sur mon épaule, je m'écroule et me jette dans ses bras. Il reste silencieux, tout en me caressant les cheveux. Il aurait sûrement voulu trouver les mots, mais aucun n'aurait pu m'aider, alors nous demeurons muets jusqu'à ce que je m'endorme dans ses bras. Exténuée, vidée, anéantie.

**

*

Je passe la porte de la chambre, tenant Raphaël par la main. Mes parents viennent de descendre à la cafétéria. Ils sont anéantis. Baptiste est assis près du lit. Son cœur rate un battement lorsqu'il voit son fils approcher. Il a fini par accepter, conscient que c'était ce qu'il fallait faire. Raphaël avance doucement, impressionné par le matériel médical et l'ambiance plutôt morbide de la pièce. Il est encore trop petit pour tout apercevoir, Baptiste lui présente alors une chaise pour qu'il puisse y grimper.

Raphaël observe sa mère quelques secondes, il n'ose pas la toucher.

— Est-ce que maman peut m'entendre ? demande-t-il en se tournant vers son père.

— Bien sûr, mon grand.

— Maman, chuchote-t-il en regardant à nouveau Charlotte. Papa m'a dit que tu allais monter au ciel, je suis triste, tu sais, je n'ai pas envie que tu t'en ailles déjà.

Je sens mon être tout entier qui tremble de douleur.

— J'aime beaucoup les tartes au chocolat que tu fais, et quand tu me lis des histoires le soir, et quand je viens dans ta classe pour dessiner sur le tableau. Je ne sais pas comment on fait quand on n'a plus de maman.

Je m'approche de Baptiste et lui attrape la main, j'ai autant besoin de soutien que lui. Mon ami, quant à lui, observe ce fils qui va perdre sa mère à seulement 6 ans, il le trouve fort, digne, courageux. Il aurait aimé avoir cette capacité qu'ont les enfants à encaisser et à rebondir.

— Ne t'inquiète pas maman, je vais bien m'occuper de papa et de tata, chuchote Raphaël à l'oreille de sa mère, juste avant de l'embrasser sur la joue. Je t'aime grand comme ça, ajoute-t-il en faisant le geste avec ses bras. Et même, encore plus.

Il redescend, se place entre nous et glisse ses petites mains dans les nôtres. Il les serre autant qu'il le peut. Baptiste et moi n'osons pas nous regarder de peur de craquer. Mes yeux sont embués, je peine à voir la pièce autour de moi. Mon cœur bat la chamade, pourtant, je sais bien qu'il est brisé. La tristesse a envahi mon être et je ne sais pas comment rebondir, comment je vais faire face à la perte de l'être le plus important dans ma vie.

Unis dans la douleur, nous regardons Charlotte, une dernière fois.

Chapitre 8

Lyanne

Ma sœur est partie dans la nuit. Quelques jours plus tard a eu lieu l'incinération. Nous avons dispersé les cendres en toute intimité dans le lac qui bordait la maison de Charlotte et Baptiste. Ils vivent, impasse des roseaux, dans une magnifique bâtisse, les pieds dans l'eau. Le coin est calme et loin du tumulte de la ville, dans une petite rue très peu fréquentée, sauf par les riverains. L'endroit idéal pour Charlotte qui est tombée amoureuse de cette maison. Ils y ont été heureux, très heureux. C'est tout naturellement qu'il a décidé de disperser ses cendres dans ce lac qu'elle appréciait tant. Elle reste auprès d'eux, d'une certaine manière.

J'ai passé les derniers jours chez mon beau-frère, pour l'aider à s'occuper des formalités et surtout de Raphaël. Vincent sent le malaise grandir, le malaise que je provoque par mon mutisme. Ça ne me ressemble pas, je suis plutôt du genre à dire ce que j'ai sur le cœur. Mais, actuellement, je peine à émerger. Je sais que mon mari se sent impuissant et inutile. Il fait de son mieux, mais je n'arrive pas à lui ouvrir mon cœur. Il passe me voir tous les jours, il tente de me montrer son soutien, à sa manière. J'ai besoin de lui, lorsqu'il est là, il me fait du bien, j'aime sa présence, son assurance, son réconfort. Je suis perdue quand il n'est plus là, mais je dois m'occuper de Raphaël, alors je me relègue au second plan pour ma famille. J'ai quitté ma maison, mon océan, mon cocon pour eux, pour les épauler dans cette épreuve. Mes parents sont aussi très présents pour nous, et pourtant, ils viennent de perdre leur fille. Je suis admirative de leur courage. Nous nous soutenons tous, il n'y a rien d'autre à faire.

Au bout d'une semaine, Raphaël a repris son quotidien, l'école a recommencé et nous avons décidé que retrouver un rythme normal l'aiderait à aller de l'avant. Cet enfant a une force incroyable. Il est un moteur pour nous. Baptiste a aussi repris son travail, il ne supportait plus de ne rien faire et de rester à la maison à cogiter, à penser à Charlotte, il avait besoin de s'occuper, alors j'ai fini par faire de même et je suis rentrée chez moi. Il faut bien continuer à vivre malgré la douleur, malgré les larmes, malgré ce trou béant qui grandit chaque jour au beau milieu de mon cœur meurtri.

— Mes parents nous invitent à dîner demain soir, est-ce que tu seras là ?

— Demain soir ?

Vincent fait la moue, il prend son téléphone pour regarder son agenda.

— J'ai un rendez-vous à 18 h. Je ne sais pas combien de temps il va durer.

— Ils aimeraient que tu sois présent, on a besoin d'être tous ensemble en ce moment.

— Écoute, je ne peux pas l'annuler, mais je vais essayer de l'expédier et je serai là à 19 h 30 maxi, ça te va ?

— Merci, je réponds en l'embrassant sur la joue. Ça me fait plaisir.

Comme chaque soir, il s'installe sur son ordinateur pour vérifier ses mails et gérer les demandes des clients.

Je me blottis dans mon fauteuil bleu pour ouvrir un roman dans lequel je parviendrais à m'évader. Cela fait un petit moment que je n'ai plus pris le temps de lire, au calme, dans mon coin bibliothèque. Les événements se sont enchaînés et je dois absolument faire une pause, un arrêt sur image pour souffler avant de sombrer totalement.

J'attrape *Le dernier rêve de Cléopâtre* de Christian Jacq et me plonge dans les mystères de l'Égypte antique. Un pur délice, car j'adore m'évader dans un pays lointain, d'autant plus si je voyage dans le passé.

Je m'endors une heure plus tard, épuisée physiquement et mentalement. Je sens la présence de Vincent près de moi, il éteint la lumière et dépose le plaid sur moi avant de m'embrasser sur le front. Il me souffle qu'il m'aime et qu'il aimerait m'aider, savoir comment faire. Il me murmure que je m'éloigne et qu'il est terrorisé. Il pense que je dors, mais j'entends tout et mon cœur se serre à l'idée de le faire souffrir. Mais je suis incapable de faire un pas vers lui, là, maintenant. Alors je reste immobile.

* *

*

— Comment tu te sens, ma petite fille ?

— Ça pourrait aller mieux, maman. Toi et papa, ça va ?

— Oh, tu sais... on ne fait pas des enfants pour les voir partir avant soi.

Ma mère se détourne pour contenir son émotion. Je le sais. Mais je n'ai pas sa force.

— Elle me manque tellement, maman, je réponds en éclatant en sanglots.

Elle contourne le plan de travail pour me prendre dans ses bras.

— Ça va aller, ma chérie. Elle me manque aussi, terriblement.

— C'est si injuste ! Tout est de ma faute, maman, je suis désolée.

Ma mère recule.

— Écoute-moi bien.

Je baisse toujours la tête, fixant le sol.

— Regarde-moi, Lyanne.

Je fais l'effort de lever les yeux. Essuyant quelques larmes au passage, avec la manche de mon sweat-shirt.

— Tu n'es pas coupable de cet accident. Tu entends ? Tu n'as rien fait.

— Maman, je conduisais, j'aurais dû être plus prudente.

— Mais tu l'as été. Tu as fait ce qu'il fallait, tu ne pouvais pas prévoir que cet homme allait brûler le feu rouge. Tu n'aurais pas pu l'éviter.

— Elle est morte, maman, Raphaël a perdu sa mère. Comment vivre avec ce poids sur mes épaules ?

— Tu y arriveras, parce que tu comprendras que tu ne pouvais rien faire de plus. Fais-moi confiance, avec le temps ça ira mieux.

J'admire cette femme qui vient de dire adieu à son enfant et qui, malgré tout, est encore debout, forte, solide. J'aurais aimé avoir cette force, ce courage. Est-ce si facile de surmonter un deuil ? Est-ce comme cela qu'il faut avancer ?

— Tata !

Raphaël entre dans la cuisine et se précipite pour sauter dans mes bras, tandis que j'essuie discrètement mes larmes.

— Mon loulou. Mon neveu préféré.

— Mais je suis ton seul neveu ! réplique le petit garçon.

— C'est vrai. Tu es bien trop intelligent pour ton âge !

Je le dépose au sol, il va ensuite embrasser sa grand-mère, tandis que Baptiste pénètre dans la pièce. Les yeux rouges, des cernes, le teint pâle, les habits froissés. Baptiste n'a pas fière allure.

L'ambiance n'est pas à la fête, pourtant il faut faire bonne figure, pour Raphaël.

Contre toute attente, à 19 h 30, Vincent fait son apparition. Je sens mon cœur battre la chamade en l'apercevant. Il a tenu parole, il est là, pour moi, pour nous. Je me blottis dans ses bras et lui murmure « merci » à l'oreille. Il embrasse mon front en signe d'affection avant de saluer toute la famille.

À la fin du repas, les adultes se retrouvent autour d'un digestif, tandis que mon neveu s'est endormi sur le canapé du salon.

— J'ai eu des nouvelles de la police, lance alors Baptiste de but en blanc.

Jean, mon père, se redresse sur sa chaise.

— Que t'ont-ils dit ?

— Le chauffard qui a provoqué l'accident était bien sous l'emprise de l'alcool. Bien au-delà de la limite autorisée.

— C'était certain, il n'a même pas freiné, ajoute ma mère.

— Oui, apparemment, il était en plein divorce, sa femme est partie avec ses deux filles et il a trop bu au bar du coin.

— Et notre Charlotte est morte à cause de ça...

Ma mère a du mal à contenir son émotion.

Je n'ouvre pas la bouche, je préfère m'abstenir, sous peine de perdre le contrôle. Vincent saisit ma main, conscient de ce que je ressens. La discussion s'arrête là, chacun demeure silencieux quelques secondes, ou quelques minutes, qu'importe, nous sommes unis dans notre douleur. Silencieux, mais proches. Nos pensées sont tournées vers Charlotte.

Chapitre 9

Baptiste

— Bonjour, monsieur Morin, est-ce que je peux vous parler une minute ?

— Bien sûr.

Raphaël est en train de jouer avec un camarade devant la grille de l'école.

— Vous savez que ce week-end, c'est la fête des Mères ?

— Oh mince, je vous avoue que j'avais complètement oublié.

— Je comprends, c'est pour cela que je me permets de vous en parler, continue l'institutrice. Nous avons préparé un cadeau, vous vous en doutez. J'ai laissé le choix à Raphaël, il pouvait en faire un pour sa maman, pour sa tante, pour une autre personne de la famille ou ne pas en faire, et il a insisté pour fabriquer un cadeau pour Charlotte.

— D'accord...

Je suis un peu déboussolé, je n'ai pas du tout anticipé ce genre d'événement.

— Je comprends que ce soit déroutant, mais je pense qu'il en avait besoin. Il y a mis tout son cœur, vraiment. J'espère que ça ne sera pas trop difficile pour vous, ajoute-t-elle en posant sa main sur mon avant-bras.

— Merci, je... c'est encore récent, je ne sais pas comment nous allons gérer ça.

— Je suis certaine que vous trouverez, soyez sincère avec Raphaël, il est intelligent, vous savez, il comprendra.

— Merci beaucoup.

— Je vous en prie, bon courage.

L'institutrice a bien connu Charlotte. Elles ont travaillé durant plusieurs années dans la même école et elle est tout aussi bouleversée que ses collègues par cette perte.

Le lendemain soir, je suis anxieux. J'ai passé une très mauvaise journée. La fête des Mères me préoccupe. Comment vais-je gérer cela, comment vais-je trouver les mots ? Comment vais-je savoir comment agir ? Cela fait des semaines maintenant que Charlotte nous a quittés et je me sens toujours aussi seul et démuni. Elle avait cette facilité pour communiquer avec les enfants, cette douceur que je n'ai pas. Elle aurait su quoi faire... mais voilà, elle n'est plus là et je suis seul à présent. Je m'installe sur le lit, face à la commode grise qui trône fièrement contre le mur. Des photos de famille égayent le meuble. Je reste figé sur le visage de ma compagne. J'ai serré les dents, j'ai pris sur moi. J'étais en apnée depuis son décès. Tout a basculé en une fraction de seconde, je n'ai pas pu lui dire au revoir, je n'ai pas pu lui dire que je l'aimais, je n'ai pas pu la serrer dans mes bras. J'essaie même de me souvenir de la dernière chose que je lui ai dite, ce jour-là. On parlait de sa voiture. Est-ce que je lui ai glissé un mot gentil ? Un mot d'amour ? Je m'en veux. Je m'en veux, car c'était une journée comme une autre. Banale, routinière. J'avais un rendez-vous, elle avait une réunion. Et elle n'est jamais rentrée. Je l'ai vue étendue sur ce lit d'hôpital, froid et sans vie. Parfois, j'essaie de me remémorer notre dernier week-end à deux. Ça me fait mal tout autant que ça me fait du bien. Nous étions si heureux. Comme au premier jour, voire plus. Les épreuves nous avaient soudés, mais cette épreuve-là, nous ne l'avions pas envisagée. Nous voulions passer notre vie ensemble. Jamais je n'aurais pensé que je la perdrais. Je remercie le ciel d'avoir toujours Raphaël, même si je sais que ma famille est détruite et que mon fils souffre. Mais il est vivant, et je l'aime de toute son âme. Je dois me raccrocher à lui. Je n'ai plus que ça. Mon cœur est anesthésié, brisé, vidé. J'ai l'impression qu'il a cessé de battre dans ma poitrine.

Je ne me sens plus la force, mais je ne peux pas faiblir, le petit bonhomme dans la pièce d'à côté a besoin de moi, besoin de mon courage, de mon amour, de mon sourire. Il doit vivre, grandir, devenir un adulte solide.

Je me laisse glisser au pied du lit. Recroquevillé sur moi-même, je me mets à sangloter. J'ai besoin d'évacuer. Ce soir, j'ai envie de pleurer. Tout mon être est secoué de tremblements, les larmes noient mes joues déjà rougies par la peine. Je n'arrive plus à m'arrêter, je veux vider toute ma douleur, toute ma souffrance, jusqu'à ce qu'il n'y ait plus de larmes. J'aimerais ne plus rien ressentir.

Absorbé par mon chagrin, je n'ai pas entendu Raphaël ouvrir discrètement la porte de la chambre. Mon petit garçon me rejoint et s'installe à mes côtés. Il passe son bras autour de mon épaule. Je relève la tête, surpris, puis me laisse glisser contre mon fils et continue de sangloter. Les rôles semblent inversés, l'adulte n'est plus qu'un enfant blessé. L'enfant protège l'adulte. Raphaël reste silencieux. Ému de me voir dans cet état, mais conscient malgré son jeune âge de l'émotion, de la tristesse que je ressens, car lui aussi la ressent chaque jour. Je devrais arrêter de pleurer, le rassurer et jouer mon rôle, mais j'en suis incapable. Je suis à bout.

Finalement, nous ne parlons pas. Nous nous couchons et nous blottissons l'un contre l'autre jusqu'au lendemain matin. Nous avons besoin d'amour, de douceur et de tendresse dans cet océan de douleur qu'est devenue notre vie.

* *

*

Je suis gêné ce matin, je mets un point d'honneur à ne pas pleurer devant mon fils, pour ne pas l'effrayer, pour ne pas lui montrer mes faiblesses. Et hier soir, j'ai craqué.

Raphaël, qui vient de se réveiller, grimpe sur le tabouret de bar et me fixe pendant quelques secondes.

— Papa...

— Oui, Raph ?

— Tu... enfin, aujourd'hui, c'est...

— Je sais, mon grand.

— Est-ce que j'ai le droit de faire quelque chose pour maman ?

Je reste stupéfait. Mon fils hésite, probablement pour ne pas me blesser, moi, l'adulte.

Je contourne le bar pour m'approcher de lui.

— Tu as parfaitement le droit de faire quelque chose pour maman. Tout ce que tu voudras.

— Alors, j'aimerais descendre au lac pour lui donner son cadeau et ensuite aller manger à l'auberge.

L'auberge est un petit restaurant familial tout près de chez nous. Charlotte l'adorait et nous y allions très régulièrement.

— Je trouve que c'est une idée merveilleuse.

— Je lui ai aussi fait une carte.

— Termine ton petit déjeuner et allons-y, dans ce cas.

Il dévore ses céréales et se précipite dans sa chambre pour préparer son cartable. Il y glisse son cadeau, la carte et une fleur qu'il a cueillie dans le jardin. Je suis ému. Ému par la force de mon fils, ému par cette journée, bouleversé par les émotions qui vont me gagner et me retourner le cœur. Mais je dois le faire, pour Raph.

Nous descendons au lac, main dans la main, chacun perdu dans ses pensées. L'endroit est désert. Je me dis que si l'esprit de Charlotte est par ici, elle doit aimer reposer en ce lieu. C'est paisible et calme. On n'entend que le bruissement des feuilles délicatement secouées par le vent. Raphaël s'approche de l'eau tandis que je reste en retrait. Il sort la carte de son sac.

— Maman. Papa et moi, on est venus te voir parce qu'aujourd'hui, c'est la fête des Mères. Je t'ai fabriqué un cadeau à l'école. Je t'ai aussi écrit un poème. Maîtresse Karine nous a demandé de l'inventer. Et elle m'a un peu aidé.

***M**a douce maman,*

***A**bsente de ma vie, mais présente dans mon cœur,*

***M**agnifique et généreuse,*

***A**dorable et tendre,*

***N**e nous oublie pas.*

— Je t'aime grand comme ça, continue mon petit garçon en faisant le geste avec ses bras. Tu nous manques beaucoup, on pense à toi tous les jours. On est très tristes, mais je te promets qu'on prend bien soin de nous et qu'on mange bien, même des légumes !

J'observe mon fils, si concentré, si sérieux, appliqué à ne rien oublier. Je trouve qu'il a grandi d'un coup. Sa maturité me plonge dans une culpabilité dont je ne peux me défaire. Cet enfant traverse une épreuve terrible, une épreuve qu'un petit garçon de son âge ne devrait pas avoir à affronter. Il fait preuve d'une force incroyable. J'en ai les larmes aux yeux, tentant de me contenir comme je le peux, noyé dans mon chagrin et ma douleur. Je n'ai qu'une envie, hurler, hurler et hurler encore. Pourquoi est-ce arrivé ? Pourquoi à lui ? Pourquoi à elle? Pourquoi à nous?

Je dois maîtriser mon émotion, autant que possible.

Raphaël se penche à nouveau vers son sac et attrape son cadeau. Il ne l'a pas emballé, et me fait signe de m'approcher. Je prends sur moi et avance à ses côtés. Je vois le joli bougeoir fabriqué à l'école. En forme de cœur, avec une bougie rouge au centre, il est collé sur une petite planche en bois. « Maman » est inscrit d'un côté, et « Je t'aime » de l'autre. Mon fils m'explique que Karine l'a aidé à ajouter la planche pour qu'il puisse flotter. Je remercie intérieurement son institutrice qui a fait preuve de beaucoup de gentillesse.

Raphaël a tenu à graver « Tu me manques » sous le cœur. Il me demande d'allumer la bougie avec le briquet qu'il a pensé à amener. Je m'exécute. Il approche de l'eau et dépose la planche, il y ajoute la carte ainsi que la fleur. Puis il la pousse délicatement. Il se félicite de constater que le bougeoir flotte. La petite flamme vacille de droite à gauche. Il retient son souffle, mais l'objet continue tranquillement sa route. Peu importe qu'il aille loin en réalité, Raphaël souhaite juste que quelque part dans les nuages, sa maman le voie. Il espère que cette surprise qu'il a préparée avec tant d'enthousiasme et d'attention lui a fait plaisir.

— Bonne fête, maman, murmure-t-il en observant son cadeau s'éloigner.

L'émotion m'a gagné, je me sens vulnérable. Exténué par cette douleur lancinante dans mon cœur. Je ne veux pas craquer, mais je n'arrive plus à me contenir. C'en est trop pour moi. Raphaël s'approche et prend ma main.

— Ça va aller, me chuchote-t-il tout simplement.

Chapitre 10

Lyanne

— Lyanne, il faut que je te parle.

Je n'aime pas le ton employé par Baptiste, cela semble sérieux.

— L'été arrive et je me suis arrangé au boulot pour prendre de longues vacances.

— Longues comment ?

— Deux mois.

— C'est une bonne chose, tu vas pouvoir profiter de ton fils.

Ouf ! Je respire. Je me détends et commence à cogiter sur les prochains mois.

— Oui, je pourrai traiter mes dossiers urgents de la maison. Si j'ai un ordi sous le coude, je peux me débrouiller.

— J'essaierai de poser aussi des vacances si tu veux.

— En fait...

Baptiste cesse de plier les vêtements de Raphaël et pose ses mains sur le panier à linge. Son regard est devenu bien trop sérieux pour une bonne nouvelle.

— On ne va pas les passer ici.

— Vous partez ? Mais où ?

Je me décompose, j'ai besoin de ce bout de famille qu'il me reste.

— On va aller chez mon père, en Bretagne. J'ai envie de prendre l'air, de changer de ville et ça va faire du bien à Raphaël d'être loin de la maison.

— Je ne sais pas, c'est bizarre de partir si longtemps, ça peut le perturber !

— Je lui en ai déjà parlé, il est très emballé.

Je ne sais plus quoi répondre. Déboussolée, je sens le sol se dérober sous mes pieds. Je m'assois sur le rebord du lit, les yeux fixés sur les jouets de mon petit neveu.

— Ne t'inquiète pas, on t'appellera et puis on ne part que deux mois.

Il s'installe à côté de moi et passe son bras autour de mes épaules.

— Ça va aller ?

— Oui, oui, je réponds en reprenant mes esprits. Tu as raison après tout, Raphaël a besoin de souffler aussi et puis la Bretagne c'est magnifique, je suis sûre qu'il appréciera ses vacances.

Je me dois de penser à mon neveu, mais au fond, je perçois l'angoisse qui m'envahit. Raphaël et Baptiste sont mon lien avec ma sœur. Ils sont ma famille, je continue de lutter pour eux, grâce à eux. Sans eux, je me sens vide et inutile.

* *

*

Juillet est arrivé rapidement, trop rapidement. Baptiste est parti hier.

Je décide d'aller surfer pour me changer les idées, comme j'aimais le faire avant l'accident. Mais le cœur n'y est pas. Je veux me reprendre, je veux vibrer à nouveau, évacuer cette douleur horrible, me sentir libre. Mais rien n'y fait, je ne réussis pas à oublier cet événement, même durant quelques minutes. Je manque les bonnes vagues, je perds l'équilibre un grand nombre de fois et je bois la tasse à trois reprises. Cela ne m'arrive jamais, je suis une surfeuse expérimentée qui ne se laisse pas facilement impressionner. Mais ce matin, c'est peine perdue. Je finis par m'asseoir sur la planche. Ballottée par les vagues, observant l'horizon et le soleil qui commence sa course tout doucement, je ne vois pas le temps passer et c'est donc en retard que je me présente au bureau. La vie doit reprendre son cours. C'est la voie logique. Je dois faire un effort, faire bonne figure. Mais tout va de travers, sans que je me sente capable de lutter. Vincent et moi nous sommes éloignés ces dernières semaines. Je suis devenue plus distante. Je n'arrive pas à parler de ma souffrance, je ne parviens pas à ouvrir mon cœur, alors je me suis repliée sur moi-même, laissant mon mari sur le côté de la route. Il a bien tenté de me rattraper, maladroitement, avec ses armes, avec ses émotions bancales qu'il ne sait pas gérer, mais il n'a pas réussi à tendre la main assez loin, assez vite. J'ai creusé un fossé entre nous. Un gouffre nous sépare.

— Lyanne !

Vincent vient de m'appeler, non, de hurler mon prénom à travers la vitre. Je dépose mon sac sur la chaise, souffle et arbore mon plus beau sourire avant de pénétrer dans son bureau.

— Oui ? Tu m'as appelée ?

— Tu m'expliques, dit-il en lançant un dossier juste devant moi.

Je l'attrape et le parcours rapidement.

— C’est le dossier Martin, pourquoi ?

— C’est toi qui t’es occupée des transactions ?

Il n’est pas dans un bon jour, c’est souvent le cas ces derniers temps. Depuis qu’il a perdu sa femme, depuis qu’il se sent seul dans son couple.

— Bien sûr, comme toujours.

— Pourquoi ont-ils touché douze mille euros, alors qu’ils nous en devaient sept mille !

— Quoi ? Non, c’est impossible, je...

J’ouvre à nouveau le dossier et vérifie les montants.

— Mais non, je suis sûre d’avoir... enfin... je...

— Tu as fait une énorme erreur. Tu as envoyé la facture à M. Holmes au lieu de lui rendre le trop-perçu et à la place tu as fait le virement à M. Martin.

— Je... je suis désolée, j’étais certaine d’avoir fait les bons virements, je...

— Ça ne va plus, Lyanne, plus du tout, tu n’y es plus ! Tu loupes les rendez-vous, tu arrives en retard, les clients ne parviennent plus à te joindre sur ton portable ou par mail, je dois faire ton travail et maintenant, ça...

— Mais Vincent, je suis désolée, je vais arranger ça...

Vincent se radoucit en voyant ma mine déconfite. Il a mal pour moi, il me sent perdue et déboussolée, mais il ne sait pas comment m’aider. Je ne le sais pas moi-même.

— C’est bon, j’ai déjà réglé le problème. Heureusement que M. Martin est un client honnête et régulier, il accepte de nous rendre l’argent. C’est une chance !

— Je vais l’appeler pour lui présenter mes excuses.

— C'est une bonne idée ! Il va falloir que tu te reprennes, Lyanne, et vite, car on ne peut plus continuer comme ça.

Je lève la tête, les larmes aux yeux.

— Tu parles de nous ou du travail ? osé-je demander.

— Des deux ! Je ne te reconnais plus ! Je sais que tu as vécu un drame, j'en suis conscient, mais tu te laisses sombrer sans rien faire.

— Je le sais bien, et j'essaie, je t'assure, mais je n'ai pas la tête à ça.

Il se radoucit.

— Je l'ai remarqué, mais j'ai besoin de toi à mes côtés, dit-il en venant prendre ma main.

— Je suis désolée.

— Je ne sais plus quoi faire pour t'aider.

— Il n'y a rien à faire. Je te promets de ne plus commettre d'erreur.

Je sors du bureau, complètement décontenancée. Aujourd'hui, les affaires ne me semblent plus aussi importantes. Et ma concentration ne dépasse pas les dix minutes. Difficile d'assurer les rendez-vous, les dossiers, les factures, la gestion des mails avec si peu d'envie.

J'attrape mon sac à main et me dirige vers les toilettes de l'étage. Je bloque la porte pour être seule un instant. Devant le miroir, je pose mes mains sur le rebord du lavabo, bras tendus, j'observe mon reflet.

Vincent a raison, je n'ai plus rien de ce que j'étais quelques mois auparavant. Mon teint est terne, je suis à peine maquillée. De petites rides ont fait leur apparition au coin des yeux et entre les sourcils, signe de l'inquiétude qui m'habite depuis des semaines. Même ma coiffure est plate et triste.

C'est la cata !

Charlotte me dirait *: Ma fille, tu fais peur à voir ! Va t'arranger un peu pour éviter de faire fuir tes clients !* Et elle aurait raison.

Cette pensée me fait sourire un quart de seconde, ma sœur me manque. Je m'asperge le visage avec un peu d'eau fraîche, j'attrape le tube de rouge à lèvres dans mon sac à main et maquille légèrement mes lèvres. Après avoir ajouté un peu de blush sur mes joues, je détache mes cheveux. Je jette ma tête vers le bas et passe mes doigts entre les mèches pour leur donner un peu de volume. Après avoir secoué quelques secondes, je me redresse.

— C'est mieux ! Allez ! C'est pour toi ma sœur...

Je retourne à mon bureau, prête à affronter la journée qui s'annonce difficile.

Première étape... faire mes excuses à M. Martin.

Chapitre 11

Lyanne

Je débouche une bouteille de vin rouge. M. Martin a gentiment accepté mes excuses, me présentant au passage ses condoléances tardives. La journée n'a pas été si désastreuse finalement. J'ai dû faire appel à Sandra, notre assistante, à plusieurs reprises, car je m'emmêlais les pinceaux dans les commandes. Il faut dire que je n'ai pas été très assidue ces derniers temps. Je ne connais pas les nouveaux clients et j'ai quantité de retard dans mes dossiers, mais j'ai fait de mon mieux et cela m'a permis de faire le vide dans mon esprit durant quelques heures.

De retour chez moi, dans cette grande maison silencieuse et sombre, je me suis confinée dans mon espace bibliothèque, la bouteille de vin posée à côté d'un verre bien entamé. Perdue dans mes pensées, j'ai relu la même page quatre fois avant d'abandonner mon livre dans un coin.

Je prends mon téléphone et fais dérouler les photos. Ma sœur était si enjouée. Je l'ai toujours admirée. C'était mon modèle, une jeune femme rassurante, responsable, mature, sûre d'elle. Une mère et une compagne formidables. J'aurais tout donné pour partir à sa place. Pourquoi la vie s'acharne-t-elle sur les personnes honnêtes et sincères ?

Je me sers un autre verre.

Deux heures plus tard, la bouteille est vide. Une seconde bouteille, tout aussi vide, est posée sur le sol. Je me suis endormie, la tête sur la petite table ronde.

* *

*

J'émerge brutalement. Les rayons du soleil filtrent déjà à travers les rideaux du salon, j'ai du mal à ouvrir totalement les yeux. Il me faut quelques secondes pour m'adapter à la luminosité. Je porte la main à mon front, j'ai un énorme mal de crâne. J'observe les deux bouteilles vides et la soirée me revient en mémoire. Je suis bonne pour avoir la gueule de bois toute la journée.

Lorsque j'arrive au bureau avec deux heures de retard, les lunettes de soleil noires sur le nez et les mêmes vêtements que la veille, la réaction de Vincent ne se fait pas attendre.

— Il faut que tu prennes un congé.

— Un congé ?

— Oui, du temps pour toi. Tu t'occupes de toi, tu fais ce que tu veux, mais tu ne viens plus au travail.

— Mais...

— Non ! m'interrompt-il. Regarde-toi...

J'aperçois mon reflet dans la vitre du bureau et effectivement, ce n'est pas réjouissant.

— Et puis franchement, tu pues l'alcool, tu as la gueule de bois, ça se voit à cent mètres.

— J'ai eu un coup de blues, tenté-je de justifier.

— Écoute, Lyanne, je ne veux plus de toi au bureau pendant quelques semaines, tu n'as pas pris de vacances depuis longtemps, profites-en.

— Et comment tu vas faire pour la charge de travail ?

— Je vais prendre quelqu'un pour l'été, ça ira très bien, je m'occuperai du plus gros, et il fera le reste, la paperasse.

Je n'ai pas mon mot à dire, de toute manière, qu'aurais-je pu dire pour ma défense ? Il a raison.

— D'accord, si tu penses que c'est mieux comme ça.

— Je vais aller à l'hôtel quelque temps, continue-t-il après une hésitation.

— À l'hôtel ? Mais pourquoi ?

— Parce que j'ai besoin de réfléchir un peu, ce n'est plus possible entre nous en ce moment. Tu n'es plus la même, tu ne te confies plus à moi, je n'ai plus l'impression d'être en couple.

— Vincent, c'est juste que...

— Je sais que tu souffres. Mais je ne sais plus quoi faire pour t'aider. Je suis impuissant. Je crois qu'il faut qu'on prenne un peu de recul.

— Tu me laisses tomber...

— Lyanne, ce n'est pas ça, mais je ne peux plus te voir sombrer, secoue-toi, va consulter un psychologue.

— On a déjà eu cette discussion.

— Justement, tu refuses toute aide. Notre couple est en train de s'effondrer, tu ne bosses plus correctement et tu te morfonds en permanence, sans compter l'alcool...

— Quoi l'alcool ? On n'a plus le droit de pleurer sa sœur ?

J'ai haussé la voix, quelques visages se sont tournés vers le bureau. Vincent tente de calmer la situation.

— Évidemment que si, mais tu n'arriveras jamais à t'en sortir en continuant comme ça.

— Je n'ai pas envie de m'en sortir, soufflé-je. Elle est morte et elle ne reviendra pas.

— Bébé...

Il s'approche pour me prendre la main. Il veut me faire entendre raison.

Mais je ne peux pas l'écouter, je retire ma main.

— Pas la peine que tu ailles à l'hôtel, je vais m'installer chez Ch... Baptiste, ils ne sont pas là cet été.

Je tourne les talons et quitte le bureau sans ajouter un mot, laissant Vincent en plein milieu de la pièce, décontenancé et perdu.

Une fois dans ma voiture, j'appelle Baptiste. J'ai besoin d'entendre sa voix, d'avoir des nouvelles de mon neveu, j'ai besoin d'eux.

— Salut, comment vas-tu ?

— Ça va et vous ?

— Bien, Raphaël adore les plages de Bretagne, il s'éclate. Et mon père est aux petits soins.

— C'est génial, assuré-je en reniflant.

— Ça ne va pas ?

— Si, si, tenté-je de répondre, la voix brisée.

— Je sens bien que ça ne va pas.

— Est-ce que je peux m'installer chez toi quelque temps ?

— Bien sûr, mais pourquoi ? Un problème avec Vincent ?

— Il m'a mise en repos forcé.

— C'est plutôt une bonne chose, acquiesce Baptiste. Tu as besoin de prendre du temps pour toi !

— Peut-être, mais il voulait aussi partir à l'hôtel.

— Lyanne… je suis désolé.

Je ne réponds pas. J'ai peur d'éclater en sanglots.

— Tu es chez toi à la maison. Mais, ça va aller ?

— Oui, oui, je vais m'occuper un peu de moi, souffler. Ça fait des années qu'on bosse comme des fous, c'est peut-être bien tout ça.

Je ne sais pas si j'essaie de convaincre Baptiste ou de me convaincre moi-même.

— Évidemment que c'est bien.

— Fais un bisou à Raphaël de ma part, vous me manquez.

— Je lui ferai, prends soin de toi, je t'appelle plus tard.

Je raccroche. J'imagine Raphaël courir sur les plages de Bretagne, tremper ses pieds dans l'océan, rire aux éclats. Il me manque, j'ai envie de le prendre dans mes bras, il me rappelle tellement Charlotte. Ils me manquent tous.

J'essuie mes larmes et démarre enfin.

Quelques heures plus tard, je suis chez Baptiste. La maison me semble bien vide. Je suis rarement venue chez eux lorsqu'ils n'étaient pas là. Je n'ose pas faire le tour des pièces et m'installe directement dans la chambre d'amis. J'enfile un legging noir et un débardeur blanc. Puis, sans rien déballer de plus, je descends dans la cuisine. Après avoir sorti une bouteille de vin et un verre, je prends place dans le canapé. Sans grande conviction, j'allume la télévision, rien de bien passionnant, mais le bruit comble le vide, le silence...

Lorsque j'ai terminé le vin, j'attrape les clés de ma voiture et sors en titubant légèrement. L'air chaud me happe tandis que je descends l'allée. J'ai du mal à faire démarrer cette saleté de voiture tant mes idées ne sont pas claires. Je cale à deux reprises avant de pouvoir enfin faire quelques mètres. Il fait quasiment nuit à cette heure-ci, je supporte difficilement les phares des véhicules qui m'éblouissent à chaque rencontre. Au bout de quelques minutes, je me rends compte que je ne roule pas droit, zigzaguant dangereusement. Je percute une poubelle, donne un coup de volant sur la gauche, montant cette fois-ci sur le trottoir, puis à droite et me retrouve de nouveau sur la route, mais à contresens. J'aperçois alors les phares d'une voiture et entends un klaxon. Je donne à nouveau un coup de volant et évite l'automobiliste de justesse. Je m'immobilise sur le bas-côté. Je ne suis plus en état de conduire. Des images de l'accident me reviennent en tête. Paniquée, perdue, je coupe le contact. Un chauffard ivre a tué ma sœur, je ne peux pas risquer de faire basculer la vie d'une autre famille à mon tour, c'est impensable.

Les larmes inondent mes joues, je me blottis dans mon siège et m'endors, l'esprit ailleurs, embué par l'alcool.

J'ouvre les yeux vers 7 h, réveillée par le bruit des éboueurs qui ramassent les poubelles du quartier. J'ai un instant de panique durant lequel je ne comprends pas ce que je fais dans ma voiture.

Petit à petit, des bribes d'images me reviennent en mémoire, mais rien de très clair. J'espère ne pas avoir commis d'acte irréparable. Je rentre chez Baptiste, roulant au pas, de peur de blesser quelqu'un. Lorsque je passe la porte, les bouteilles vides, la tache de vin rouge sur le tapis beige et la pagaille environnante me rappellent que j'ai eu quelques heures agitées. J'entreprends de ranger le tout afin de me vider l'esprit.

J'allume la cafetière, puis tartine des biscottes avec du beurre. J'ai besoin de manger quelque chose de solide. Installée sur la terrasse, à l'arrière de la maison, j'apprécie cet instant de paix et de calme avant que la ville ne se réveille. La villa donne sur un joli terrain parfaitement entretenu. Une balançoire rouge domine l'espace au fond du jardin, des jouets traînent près d'un transat gris. Il fait déjà chaud malgré l'heure matinale.

Je trouve que le temps s'écoule lentement. Je n'ai pas grand-chose à faire de ma journée alors je tente de m'occuper tant bien que mal. Je regarde deux films, espionne Vincent sur sa page Facebook, grignote devant une émission de télé-réalité absurde, fais un peu de ménage, actualise sa page Facebook, envoie un SMS à Baptiste pour m'excuser, vérifie la page twitter de Vincent, lis la moitié d'un livre, avale deux paquets de biscuits, envoie un mail à Vincent pour savoir si tout va bien et finis par me laisser tomber dans le canapé du salon, dépitée de ne pouvoir me rendre plus utile.

La réponse de mon mari ne se fait pas attendre : « *Tout va bien, je gère.* »

J'ai envie de lui répondre, mais je pense à Raphaël qui m'aurait obligée à remplir la tirelire à gros mots de pièces d'un euro. Je me retiens donc.

Il est 18 h lorsque je comprends que les journées vont toutes se ressembler, aussi inintéressantes, mornes et tristes.

J'attrape alors mes affaires et me rends au supermarché du coin, j'ai besoin de faire le plein d'énergie. Je n'achète que des choses saines : des biscuits, des céréales, du nutella, du miel, des desserts au chocolat, des bonbons, des chips, des pâtes, quelques bouteilles de vin, de la vodka, de la bière, du café et pour finir, je passe au tabac pour prendre une cartouche de cigarettes. Je n'ai pas fumé depuis dix ans, lorsque plus jeune, je crapotais avec mes amis pour faire comme les autres, et pourtant, aujourd'hui, j'en ai envie.

Sur le trajet du retour, tandis que j'attends à un feu rouge, j'observe une femme sortir d'un immeuble, accompagnée d'un homme. Elle sourit, se blottit contre l'homme qui semble très sensible à ses charmes. Je pense alors que je ne ressentirai plus jamais cela, l'émotion des débuts, les picotements dans le ventre, les battements du cœur qui s'accélèrent, l'envie d'embrasser l'autre, les frissons lorsqu'il nous effleure le bras ou le dos. J'ai vécu tout cela avec Vincent. Je le trouvais charmant, sûr de lui, envoûtant. Il m'a toujours impressionnée, j'ai été totalement subjuguée par son aisance relationnelle, son ambition, sa manière de s'exprimer si franche et directe. Je suis tombée amoureuse de cet homme robuste et droit. Mais, si je n'arrive pas à sauver mon mariage, plus jamais je ne souhaite ressentir cette sensation d'échec et de déception. Je suis partie pour rester seule un bon moment ! De toute manière, qui voudrait d'une épave ?

Au lieu de rentrer, je fais une halte dans un bar et n'en ressors que cinq heures plus tard, ivre, au bras de Vincent.

— Oh, mon mari, mon cher mari, tu es venu.

J'ai appelé Vincent plus tôt dans la soirée. J'étais déjà bien éméchée, il avait l'air inquiet.

— Je savais que tu reviendrais, je l'ai dit au gentil barman, continué-je en essayant de désigner le jeune homme.

Vincent souffle. Je crois qu'il ne m'a jamais vue ivre, en tout cas, pas à ce point.

— Arrête tes conneries, Lyanne!

Je m'agrippe fermement à lui parce que le sol tangue dangereusement. Qui a foutu de la flotte sous le béton franchement ? Il ouvre la portière de la voiture.

— Je t'aime, Vincent... tu es mon... mari... pour la vie.

J'ai du mal à faire des phrases correctes, chaque mot est accompagné d'un hoquet, ça m'agace, mais tant pis, l'idée est là.

— Assieds-toi.

Il boucle ma ceinture et me ramène chez Baptiste. Lorsqu'il réussit enfin à me déposer sur le canapé du salon, se sentant incapable de me porter jusqu'à l'étage, il m'observe un instant. Il a bataillé pour que j'entre dans la maison, je me suis agrippée à son cou, je voulais qu'il me fasse l'amour. Mais il a refusé. Maintenant que je suis allongée, il ne bouge plus et me fixe. Enfin, je crois qu'il ne bouge plus, parce qu'en fait, j'ai l'impression qu'il se balance.

— Je ne sais plus quoi faire, Lyanne. Je suis perdu face à ta détresse. Il faut que tu te reprennes.

Il m'embrasse sur le front. Griffonne un mot sur le calepin du téléphone et s'en va sans rien ajouter de plus.

Chapitre 12

Baptiste

— Alors, mon fils, lance mon père, Nicolas, tout en enfilant ses chaussures, comment tu te sens ?

— Ça peut aller, réponds-je, en m'installant sur les marches de l'entrée. Il y a des hauts et des bas, pas mal de bas, je dois dire.

— C'est normal, tu t'en sors très bien, je trouve.

— Merci, papa.

— Vous avez réussi à élever un garçon formidable. C'est un ange. Et qu'est-ce qu'il est intelligent.

— Il a tout pris de sa mère, soufflé-je en souriant. Elle était si attentionnée avec lui, elle savait toujours ce qui n'allait pas, comment le gérer, ce qu'il fallait faire. C'était une maman en or.

— C'est vrai, j'adorais Charlotte, c'était une femme bien. Elle t'a rendu heureux et elle t'a donné un enfant merveilleux. Il faut que tu t'en souviennes.

— Je sais bien, papa, mais c'est tellement difficile sans elle. Sa présence me manque. Comment est-ce que je vais faire ? Elle était si jeune, nous avions tellement de choses à vivre ensemble.

— Malheureusement, tu devras les vivre sans elle. Mais, je suis certain que là-haut, elle veille sur vous.

J'observe la croix accrochée au mur de la cuisine. Mon père n'a jamais été un fervent croyant, mais ma mère, si. Malgré leur divorce quand j'étais adolescent, il a gardé ce vestige de son mariage passé. Dany, ma mère, a toujours été croyante. Elle n'est pas une grande pratiquante, mais elle aime imaginer que quelqu'un veille sur sa famille et nous guide dans les tourments de la vie. Il lui était plus facile d'avoir la foi lorsque des événements tragiques survenaient.

— Comment trouves-tu Raphaël, il va bien d'après toi ?

— Je trouve que oui, Baptiste, il est étonnamment courageux ce petit. Je pense qu'il souffre de son absence, mais les enfants savent rebondir. Peut-être pourrais-tu envisager de le faire suivre par quelqu'un à la rentrée ?

— Oui, j'y ai pensé.

— Pourquoi ne le changerais-tu pas d'école ? demande mon père en se relevant pour enfiler sa veste.

— Il refuse, il veut rester avec ses copains et dans l'école de sa maman.

— Il est vrai que ce sera plus simple s'il a ses amis.

— C'est vrai, mais je trouve ça bizarre. Charlotte travaillait dans cette école, tout le monde va en parler ou le regarder tristement, je m'inquiète de la réaction des gens.

— Je pense que tu devrais simplement rencontrer la directrice pour en discuter avec elle, lui dire ce que tu aimerais, je suis sûre qu'elle suivra tes indications pour le bien-être de Raphaël.

Je me sens soulagé d'avoir pu me confier à quelqu'un à propos de mes doutes quant à la rentrée et au comportement de mon fils. J'avais peur de manquer quelque chose, de ne pas détecter un éventuel mal-être à temps. Je veux être présent, mais je suis perdu sans ma compagne. Comme si tout ce que je savais faire était effacé, et que je devais tout recommencer à zéro.

J'ai toujours été proche de mon père, même si à l'époque, j'avais émis le souhait de rester avec ma mère, que je trouvais plus fragile, plus vulnérable suite au divorce. Et puis, j'avais envie de retrouver ma vie dans le Sud, mes amis, mes repères.

Aujourd'hui, la situation est bien différente. J'aurais volontiers tout quitté pour partir vivre en Bretagne, au calme, loin du tumulte des grands lieux touristiques. J'enfouis cette idée dans un coin de ma tête, il est hors de question de tout chambouler, Raphaël a assez souffert ces derniers mois. Il a besoin de stabilité, c'est évident.

Nous partons, tous trois, en direction de la plage. Camaret-sur-Mer est une petite ville de deux mille cinq cents habitants à 80 km de Brest, un petit coin de paradis à la pointe du Finistère. J'essaye de venir m'y ressourcer régulièrement. J'aime son calme, son atmosphère apaisante, le dépaysement qu'offre ce cadre idyllique.

— Oh, papa ! Regarde, des bateaux !

À l'ouest du port se trouvent des épaves de langoustiers. Un vrai terrain de jeux pour un enfant de 6 ans. Raphaël s'approche en courant et contourne le premier bateau. Des cordes tombent le long de la coque, les numéros inscrits à l'avant sont quasiment illisibles, quant au reste de l'épave, elle est recouverte de traces et de rouille. Il n'a pas fière allure, mais j'apprécie cet instant, ces embarcations chargées d'histoires et de souvenirs. Ces reliques du passé, présentes dans la mémoire des habitants, vestiges de folles parties de pêche. Il n'y a plus ni bouées, ni filets, ni voile, pourtant, le bateau est encore impressionnant. Bien sûr, à côté, se trouvent des épaves en plus mauvais état, il n'en reste qu'une partie de la coque, probablement déchiquetée par les intempéries.

Lorsque nous arrivons sur la plage. Mon petit garçon se met à courir frénétiquement sur le sable. L'espace est immense, l'océan s'étend à perte de vue. Je gonfle mes poumons d'air frais. Je n'ai plus l'impression de respirer de l'air pur depuis que j'habite dans une grande ville.

Mon père va saluer une connaissance tandis que je m'installe dans le sable. Le paysage est à couper le souffle. Je pourrais regarder cette étendue bleue durant des heures. Je n'entends que les vagues qui lèchent délicatement le sable chaud, les petits cris des mouettes qui dansent dans le ciel, le bruissement du vent dans les arbres alentour. Je suis si absorbé par mes pensées que je ne sens pas Raphaël s'asseoir à côté de moi.

— Tu penses à maman ? demande mon fils.

— Oui, comme souvent.

— Quand je vois l'océan, ça me fait aussi penser à elle.

— C'est vrai. Et c'est un bon moyen de se souvenir de ta maman.

Il reste silencieux un instant, observant l'horizon, tout comme moi.

— Elle te manque aussi ?

— À chaque instant, mon bonhomme.

— Je suis sûr qu'elle aurait aimé être avec nous, elle aimait venir chez papy.

— Ça fait trop longtemps que nous n'étions plus venus, mais dorénavant, nous viendrons plus souvent.

— Super ! s'écrie-t-il. J'adore papy, il est gentil et il m'apprend plein de choses.

— Oui, papy a toujours été curieux, il s'intéresse à plein de sujets. Il ne s'arrête jamais. Tu lui ressembles beaucoup !

— C'est vrai ? s'enquiert-il, les yeux brillants.

— Oui, vous avez le même caractère.

— Mais est-ce que je ressemble aussi à maman ? demande-t-il alors en dessinant dans le sable avec un bâton.

— Oh oui ! Énormément. Tu as ses yeux, le même regard, la même expression, quand je te regarde, je la vois.

Un grand sourire illumine son visage. Il semble avoir besoin de repères, de marquer son appartenance à une famille. Comme un adulte qui tente de trouver sa place et de comprendre d'où il vient. Ce petit bonhomme a besoin de savoir qu'il a toujours quelque chose provenant de sa mère.

— Tu sais, Raphaël, papa est triste que maman soit partie, et c'est normal de pleurer ou d'être triste alors n'oublie pas que papa est là pour toi, d'accord ?

— D'accord, répondit-il, absorbé par son dessin.

Lorsqu'il se relève pour aller jouer près de l'eau, j'observe le sable, je vois l'inscription « *maman* » suivie d'un cœur. Je sens la douleur m'envahir, je dois lutter pour ne pas m'effondrer à cet instant.

Je souffle et me lève pour rejoindre mon fils.

« *Je t'aime, ma chérie* », chuchoté-je en me dirigeant vers l'océan.

Chapitre 13

Lyanne

« Fais-toi aider, tu ne peux pas continuer comme ça !

Je refuse de te voir sombrer.

Tu es en vie ! »

Ma journée commence bien… Je n'ai aucun souvenir de ma soirée et je ne me rappelle absolument pas de comment je suis rentrée. Lorsque je regarde par la fenêtre, je vois que ma voiture n'est pas garée devant l'allée. J'ai pensé appeler Vincent pour lui demander ce qu'il sait, mais je me ravise en lisant une seconde fois son mot.

J'espère que les souvenirs reviendront d'eux-mêmes. Ou peut-être pas, finalement…

J'allume mon ordinateur portable et m'installe sur la terrasse avec une cigarette. Ma messagerie déborde de pubs, mais aucun mail professionnel. Il semble que mon mari a fait le nécessaire pour que je ne reçoive plus rien. C'est tant mieux au fond, même si ça me fait un petit pincement au cœur de me sentir inutile et inexistante après toutes ces années à m'investir dans son travail.

Toutefois, un mail attire mon attention.

———————————————

De : Vincent SEGURA

à : Lyanne SEGURA

Date : 12/07/2017 - 8 h 20

Objet : Regarde ces liens

Je ne sais plus comment t'aider. Reprends-toi, stp.

_ Se remettre d'un deuil : les étapes

_ Le deuil : groupe de parole les mardis à 17 h

_ Stop alcool : méthode efficace pour arrêter de boire

PS : Ta voiture est garée devant le bar.

———————————————

Je reste bouche bée. Jusqu'à présent, j'ai été épargnée. On essaye de me rassurer, de m'entourer. Mais personne n'a osé mettre des mots sur mon mal-être. Et mon mari vient de le faire, de manière directe et abrupte, comme souvent, mais cela a le mérite de me faire réfléchir.

Est-ce qu'il est temps pour moi de me faire aider ? Est-ce que je suis sur la mauvaise pente ? Est-ce la voix normale pour se remettre de tout cela ?

Je me sens perdue et finalement, je me rends compte que je n'ai personne à qui parler, à qui me confier. Bien sûr, il y a Baptiste, mais le pauvre a bien mieux à faire, il tente lui-même de se remettre du décès de la femme qu'il aimait, il a son fils à élever, seul désormais. Je n'ai pas envie de lui rappeler chaque jour à quel point Charlotte était exceptionnelle et à quel point elle me manque. Je dois l'épargner pour qu'il puisse avancer !

Je suis sur le point de quitter ma boîte mail, mais mon regard se pose à nouveau sur les liens. Après tout, cliquer ne m'oblige à rien. Le premier lien concernant le deuil explique qu'il est nécessaire de parler à quelqu'un pour évacuer sa tristesse, sa colère, sa culpabilité, toutes les phases par lesquelles on passe lorsqu'on est en deuil.

Je me sens incapable de m'adresser à un thérapeute, je n'ai pas envie de déballer ma vie à un inconnu, je ne suis pas prête à parler à quelqu'un en face à face, quelqu'un qui me verrait mentir ou pleurer. Encore moins aller dans un groupe de paroles, affronter la peine des gens, écouter leurs histoires, se lamenter tous ensemble sur la difficulté de notre existence. Très peu pour moi. Je veux avancer, mais pas suffisamment pour me confronter à autrui et mettre des mots sur mon mal-être, de manière officielle. J'ai besoin de temps.

Après plusieurs heures de recherche, je finis par tomber sur une personne qui a vécu un deuil, la perte de son mari et de son enfant lors d'un cambriolage qui a mal tourné. Elle explique qu'elle a pu s'en sortir grâce à son blog, elle a écrit chaque jour, tout ce qu'elle ressentait. Bien sûr, au début, personne ne la lisait. Puis petit à petit, elle a commencé à échanger avec des inconnus, des victimes, des personnes touchées par le drame, des lecteurs qui l'ont aidée et soutenue jour après jour. Au fil des semaines, elle leur a fait part de ses victoires, ses réussites, ses pas vers sa nouvelle vie et aujourd'hui, elle est heureuse, épanouie et a réussi à tourner la page sur ce drame qui a tout bouleversé.

Je reporte mon attention sur ma barre de favoris. J'ai aussi tenu un blog pendant quelques années. Un blog littéraire. Fervente lectrice, impatiente de pouvoir, un jour, ouvrir un café littéraire, j'aimais partager avec les gens sur mon blog. Je parlais de mes lectures, des livres que j'appréciais, j'avais quelques partenariats avec des maisons d'édition et j'adorais cela. Depuis quelques mois, j'ai tout mis en stand-by. Bien sûr, lorsque je travaillais avec Vincent, j'avais un peu moins de temps pour le gérer, mais je parvenais, malgré tout, à m'en occuper. Depuis le décès, plus rien, je n'ai pas écrit une ligne, j'arrive difficilement à terminer un livre.

Pourquoi ne pas m'y plonger à nouveau, peut-être que cela pourrait m'aider à avancer ? À penser à autre chose ?

Bizarrement, je me sens plus sereine après avoir refermé mon ordinateur. Que ce soit un pas vers la guérison ou non, au final ce qui compte c'est que j'ai réussi à me sentir bien quelques instants.

Ce soir-là, je vais me coucher, dans la chambre d'amis, sobre, mais après une petite cigarette quand même ! Un pas après l'autre... !

Chapitre 14

Samuel

Je sors d'une journée épuisante. J'ai écrit deux articles pour *Actumatin*, le journal pour lequel je travaille. J'ai aussi mis le doigt sur un élément important concernant mon dossier « *Accident* ».

— Oui, c'est Sam, j'ai eu ton message.

— Salut, Sam, écoute, j'ai bien avancé sur ton dossier, je pense avoir trouvé des noms.

— Sérieux ? C'est super ! Tu es sûr à 100 % ?

— Je dirais à 95 %, il y a toujours une marge d'erreur, tu te doutes bien que dans ce genre de cas, c'est compliqué d'en être certain.

— Bien sûr.

— Donc, j'ai retrouvé la femme dont tu m'as parlé, elle s'appelait Charlotte Dumont, c'est elle qui est décédée dans l'accident.

— Elle avait de la famille ?

— Oui, je t'ai tout noté dans le dossier.

— C'est génial, tu as fait des miracles, cela fait des semaines que je planche sur cette affaire.

— C'est mon boulot, Sam. Je t'envoie les documents avec les adresses et infos que j'ai trouvées, à toi de décider ce que tu en fais.

— Merci ! On se voit la semaine prochaine pour un bon steak ?

— Évidemment ! On se rappelle.

Je raccroche, le sourire aux lèvres. Mon enquête aboutit enfin. J'ai fait chou blanc à plusieurs reprises. Heureusement, mon ami Rémi est un détective privé expérimenté. Aucun dossier ne lui résiste. Je patiente devant mon ordinateur, actualisant ma boîte mail toutes les deux secondes. Lorsque le mail apparaît, je me précipite pour l'ouvrir et imprimer tous les documents reçus.

Rémi a fait du bon travail, il semble complet. Il y a des photos des membres de la famille, des adresses, quelques habitudes.

Une fois chez moi, j'enfile un jogging ainsi qu'un tee-shirt. Je dépose les papiers sur la table du salon et je fais réchauffer un reste de pâtes à la carbonara. Tandis que le micro-ondes tourne, j'ouvre la pochette et commence à lire les premiers éléments. Je me sens mal à l'aise de pénétrer ainsi dans la vie d'autrui. Pour autant, cela m'est nécessaire, je dois en savoir plus, je dois m'approcher de cette famille.

Lorsque le bip retentit, je prends mon assiette et reviens aussitôt m'asseoir à table. Je ne déguste que trop peu mon repas, obnubilé par mes recherches. Griffonnant des idées, ici et là. Au bout de deux heures, je termine mon travail en notant les adresses sur mon téléphone, ainsi que quelques habitudes.

Tandis que je range les documents dans la pochette, je suis tenté de taper les noms, que Rémi a trouvés, sur le net. Je me rends compte que ma porte d'entrée semble être Lyanne. Mon instinct me dicte de me focaliser sur elle.

Serait-elle la faille pour nouer des liens avec cette famille ?

Pourrais-je m'approcher suffisamment d'elle pour en savoir plus ?

J'ai enfin trouvé ce que je cherchais, je n'ai plus qu'à me mettre au travail.

* *

*

Lyanne

Je me décide à passer au bureau, sans prévenir, sans raison. Juste parce que je m'ennuie, parce que je veux voir Vincent, parce que je me sens seule.

Mais lorsque j'aperçois ma remplaçante, je ne peux m'empêcher de me maudire.

Mais pourquoi donc ma fille t'es-tu infligé tout ça ?!

C'est une jeune femme, aux cheveux longs et bruns, typée espagnole. Elle a redécoré mon bureau en y ajoutant de la couleur et des effets personnels. Chose que Vincent a toujours refusée.

Je me dirige vers Sandra.

— Oh, je suis tellement contente de vous voir. Comment allez-vous ?

— Mieux, merci Sandra.

— On a tous été surpris que vous partiez du jour au lendemain.

— C'est un moment difficile.

— Je comprends.

— Comment ça se passe ici ?

— Très bien, M. Segura est de très bonne humeur, les affaires marchent bien.

* Coup de poignard dans le cœur *

Je jette un coup d'œil à ma remplaçante tandis que Sandra répond au téléphone. Elle est souriante, on ne peut pas le lui enlever, elle rigole au téléphone, apparemment avec un client. Lorsqu'elle raccroche, elle se rend dans le bureau de mon mari.

Le sait-elle qu'il est toujours marié ?

Et au lieu de rester du côté des fauteuils clients, elle passe de l'autre côté du bureau et caresse le bras de Vincent tout en lui parlant.

Je vois rouge. Il a embauché une bombe atomique pour me remplacer, elle s'est parfaitement adaptée à son nouveau job. Vincent est aux anges et en plus, elle fleurte ouvertement avec lui.

Elle semble lui raconter sa conversation téléphonique à l'aide de grands gestes. Vincent sourit. Il a un charme fou. Je me rends compte que je ne l'ai pas vu sourire depuis une éternité. J'ai un pincement au cœur. Je l'entends la féliciter lorsqu'elle passe la porte pour rejoindre son bureau.

Le pire, c'est qu'elle est sublime.

Elle porte une robe crayon noire et moulante, avec une fermeture éclair qui part du haut de son dos et qui descend jusqu'aux genoux. Je suis sûre que ses charmes ne laissent pas Vincent indifférent, il faut être fou pour ne pas la trouver belle. N'importe quel homme serait tombé sous son charme. Je jette un coup d'œil à mes propres vêtements : un jean délavé, des baskets et un tee-shirt avec l'inscription « *Super tata* », offert par Charlotte et Raphaël, l'année précédente.

J'ai honte.

Lorsque je reporte mon regard sur Sandra, je me rends compte que cette dernière m'observe.

— Je préviens M. Ségura de votre visite ?

— Non, merci, je viens de me rappeler que j'ai un rendez-vous. Je repasserai.

— Très bien.

— Sandra ?

— Oui.

— Ne lui dites pas que je suis passée, s'il vous plaît.

Elle acquiesce d'un signe de tête accompagné d'un sourire gêné.

Une fois à l'extérieur, je me sens minable. Je suis remplacée, inutile, transparente et dans un état lamentable. J'allume une cigarette et rentre pour me remonter le moral avec un cocktail vodka/jus d'orange. Sans jus d'orange.

Chapitre 15

Lyanne

Un mois plus tard et contre toute attente, j'ai publié une bonne dizaine d'articles sur mon blog. Des articles sur des sorties littéraires, des livres que j'ai enfin le temps de lire, des conseils littéraires, quelques billets d'humeur.

Finalement, m'occuper l'esprit me fait du bien. Le mois d'août me paraît moins difficile que les précédents. Renouer avec cette passion débordante pour la lecture me donne un nouveau but, me rappelle ce à quoi je rêve depuis des années. Je me suis plongée dans plusieurs romans qui parlent du deuil, un premier pas vers la guérison. Je me refuse à consulter ou à lire des guides pratiques pour l'instant, mais j'ai conscience de mon mal-être. C'est déjà ça...

L'anniversaire de Charlotte approche et je suis anxieuse. Depuis quelques jours, j'y pense beaucoup. Ma mère veut absolument que la famille soit réunie ce jour-là, mais je ne me sens pas prête, je ne veux pas penser à Charlotte, me remémorer les derniers anniversaires, me rappeler son absence...

C'est trop pour moi.

J'ignore les appels de ma mère, je ne veux pas sourire, je veux juste oublier. Même si mon blog me permet de m'occuper, je me rends compte que les journées sont longues. Je n'ai plus d'amis, plus de travail. Mon investissement dans la société de Vincent a eu pour effet de me couper de ma propre vie, de moi-même. Je ne pensais qu'à lui, avant de penser à moi.

Je continue de boire (un peu moins), fumer (beaucoup plus) et pleurer (de temps en temps). Que faire d'autre ? Je n'ai plus vraiment de but.

Si ma sœur me voyait, elle me dirait « *Secoue-toi, arrête de te lamenter, tu as toute la vie devant toi, profites-en* ».

Je te mets au défi de venir me le dire en face !

Tu me manques Charlotte...

* *

*

Il y a des jours qui sont moins faciles que d'autres. Des jours au cours desquels je ne parviens pas à sortir la tête de l'eau. Parfois je crois que je vais mieux et que ça fait moins mal que la veille, et parfois je sombre encore plus. Je suis comme happée par les vagues, un coup sous l'eau en train de me noyer, un coup la tête hors de l'eau à tenter de respirer.

Aujourd'hui est un jour sans...

J'allume une cigarette et termine la bière ouverte quelques minutes plus tôt. Baptiste sera de retour dans deux semaines, je me demande ce que je vais faire. Est-ce que je devrais chercher un logement ? Est-ce je vais rester ici au risque de subir les remontrances de mon ami à chacun de mes écarts ? Puis-je retourner chez moi ? Mon mari voudra-t-il encore sauver notre mariage ? Les questions se bousculent dans mon esprit, sans que je trouve de solution appropriée.

À court d'alcool, je prends ma voiture pour me rendre en ville. Je ne sais pas vraiment où je dois aller, j'ai juste envie de sortir de cette maison qui fait remonter tant de souvenirs. Lorsque Baptiste essaye de me joindre, je ne réponds pas, je ne souhaite pas me confronter à son jugement.

Il rappelle cinq fois avant de se résoudre à laisser un message. Pourquoi s'entête-t-il à vouloir savoir comment je vais ? J'en ai marre de devoir rendre des comptes. Ce soir, je suis en colère, en colère contre le reste du monde, en colère contre moi pour ce fichu accident, en colère contre ma sœur qui m'a abandonnée, en colère contre Baptiste qui me harcèle, en colère contre ma mère qui fait comme si rien ne s'était passé, en colère contre le chauffard qui a bousillé ma vie, en colère contre Vincent qui me délaisse alors que j'ai besoin de lui. Je veux crier, hurler au monde entier de me laisser tranquille, je veux juste sombrer en paix.

Sans m'en rendre compte, je me suis installée sur le tabouret d'un bar. Lorsque je comprends que je suis là depuis plusieurs heures, il est bien trop tard, je suis incapable de tenir debout, incapable de conduire. Je titube tant bien que mal jusqu'à mon véhicule, m'allonge sur la banquette arrière et cuve jusqu'au lendemain matin.

À mon réveil, je ne suis pas fière de moi, comme à chaque fois, mais c'est plus fort que moi, je ne sais pas quand je franchirai la limite, je ne sens pas arriver le verre de trop. Je pense que je peux tenir, j'ai juste envie de me faire du bien, d'oublier. L'alcool m'aide pendant quelques heures à me sentir « normale ». Bien évidemment, le lendemain matin, j'ai honte. Personne ne doit me voir dans cet état, je n'aurais jamais assumé devant quiconque ce que je suis devenue. La jeune femme qui a développé une société avec son conjoint, qui réussissait en affaire, appréciée de ses clients, efficace, professionnelle, une tata impliquée, est bien loin.

Je me regarde dans le miroir de la salle de bain, j'ai mis un bon quart d'heure à rentrer chez moi tant j'ai mal au crâne. Je ne suis plus rien de ce que j'étais il n'y a pas si longtemps.

Tu es une loque, ma pauvre fille.

Dépitée, je fume une nouvelle cigarette avant d'aller m'affaler sur le canapé.

Mes journées ne sont que déchéance. Toutes identiques, je fume, je bois, je dors. C'est à peine si j'ai avalé des aliments solides. J'ai probablement perdu quelques kilos, je ne suis plus que l'ombre de moi-même. Le teint livide, des cernes, les cheveux en bataille, des habits mal coordonnés.

C'est un cercle vicieux et je ne sais plus comment m'en extraire. Est-ce que je le souhaite vraiment ? J'en doute. Je ne passe pas le cap. Je ne parviens pas à accepter le décès de ma sœur, j'oscille entre culpabilité, colère et dépression. Un florilège de sensations désagréables, de sentiments néfastes, de douleurs incontrôlables.

Un seul événement peut-il faire basculer une vie ? Tout gâcher ? Je commence à croire que oui... C'est Charlotte qui était forte, solide, rassurante. J'ai toujours été une tête brûlée, n'écoutant que mes pulsions, toujours dans l'extrême. Je pouvais tout plaquer sur un coup de tête, me lancer dans une entreprise à corps perdu, partir au bout du monde. C'est mon caractère, hors de contrôle, hors des sentiers battus. Aujourd'hui, cela me vaut de sombrer petit à petit, dans l'alcoolisme et la dépression... Sans Charlotte pour me maintenir à flot, je me noie doucement, mais sûrement...

Chapitre 16

Samuel

Je me rends dans la cuisine afin de faire réchauffer un plat surgelé. Je vis seul, alors j'ai appris à m'assumer, mais la cuisine n'est pas mon fort. J'avale les quelques cachets habituels et m'installe sur la table ronde du salon. J'allume mon ordinateur. Mon premier réflexe est d'aller sur le blog de Lyanne pour voir si elle a posté un nouvel article dans la journée. Tandis que la page s'actualise, j'attrape ma fourchette et enfourne un morceau dans ma bouche. Tout en dégustant ce mets délicieux, me félicitant d'avoir opté pour le poulet au lieu du bœuf, j'observe la pièce. Il n'y a pas grand-chose. Le minimum vital. De toute manière, je passe le moins de temps possible chez moi, j'aime sortir, profiter de la vie, de chaque instant. Mon travail occupe aussi mes journées, parfois même mes week-ends, j'adore me plonger dans mes articles, comme on se plonge dans un bon roman. Je suis absorbé par mes histoires, tentant de trouver la bonne approche, la bonne phrase, le mot juste. Tout un art selon moi.

Je tombe sur un billet d'humeur. Elle n'en met pas souvent, mais de temps en temps, elle semble avoir besoin de vider son sac.

* *

*

Charlotte, pourquoi n'es-tu pas là ?

Pourquoi la vie s'est-elle acharnée sur nous ?

Tu avais tout, l'homme idéal, un enfant exceptionnel, un métier que tu adorais, une famille aimante. Le bonheur était à ta porte, tu allais te marier et d'un coup, tout a basculé. Mon monde s'est effondré, mon avenir est entaché d'une douleur insurmontable. Je ne parviens pas à m'en sortir sans toi. Tu as toujours été là pour me conseiller, me remonter le moral, me dire quoi faire lorsque j'étais perdue. Je sens un immense vide dans ma poitrine, un vide qui ne peut être comblé. Je n'arrive pas à remonter la pente, je n'arrive pas à me remettre de ton décès.

Aujourd'hui, je sombre, je coule un peu plus chaque jour, je n'ai pas de porte de sortie, tout a explosé en une fraction de seconde et je n'ai plus envie de me battre et de lutter. Je vois tout en noir depuis ton départ.

J'ai besoin de toi, Charlotte.

Besoin d'entendre ta voix, besoin de savoir quoi faire.

Je t'aime.

* *

*

Je dois relire l'article à deux reprises, bouleversé par les mots que j'ai sous les yeux. Cette jeune femme est incontestablement traumatisée par cet accident.

Il est temps de prendre contact. Je lis son blog depuis un moment, j'ai épluché le dossier fourni par Rémi, je connais tout de leur vie, je sais tout de l'accident. Aujourd'hui, je dois lui parler, aller vers elle. J'ai réfléchi au meilleur moyen de la contacter et finalement, une idée lumineuse m'est apparue. J'adore écrire, j'adore coucher les mots sur le papier, c'est mon métier, j'ai une histoire à raconter et elle est passionnée de lecture. C'est par ce biais-là que je dois venir à elle. J'espère qu'elle ne me repoussera pas. Elle n'est pas en état de se livrer ou de discuter, je redoute son refus.

* *

*

De : Samuel BOTTERO
à : Lyanne SEGURA
Date : 16/08/2017 – 20 h
Objet : Bêta-lecture

Chère Lyanne,

Je vous contacte, car je suis votre blog depuis un moment maintenant. J'aime beaucoup votre analyse des livres et je pense pouvoir vous apporter quelque chose de mon côté en vous proposant une collaboration. En effet, j'ai décidé d'écrire une

histoire, de me lancer dans l'écriture d'un roman, mais je me sens un peu perdu face à tout cela. J'aurais donc besoin d'une partenaire durant l'écriture de ce récit, d'une bêta-lectrice qui interviendrait au cours du livre et non pas seulement à la fin.
Seriez-vous intéressée par ce projet ?

Je vous remercie pour le temps que vous m'accorderez.

À bientôt,

Samuel.

————————————————————

Je me félicite pour ce premier message et demeure un moment devant ma boîte mail, guettant une réponse, que j'espère immédiate.

En vain. Je suis trop impatient, elle ne doit pas être scotchée devant son ordinateur. Je me lève pour débarrasser et après un dernier coup d'œil à mon écran, je m'installe dans le canapé pour regarder un téléfilm. Je ne suis pas réellement l'histoire, plongé dans un carnet dans lequel je prends des notes pour mon futur roman. Après tout, j'ai toujours eu envie de raconter mon parcours. Je peux donc faire d'une pierre deux coups. Me lier avec Lyanne pour mener à bien ma mission et écrire un livre pour pouvoir réaliser un vieux rêve d'écriture.

Je suis très enthousiaste à cette idée et je m'endors, le carnet posé sur mon torse, le stylo dans la main droite. Ravi d'avoir sauté le pas.

Chapitre 17

Lyanne

À 15 h, après avoir émergé une nouvelle fois d'une longue nuit, affalée cette fois-ci sur un transat, à l'extérieur de la maison, je me rends compte que je n'ai emporté que très peu d'affaires lorsque j'ai quitté mon domicile. Une simple valise avec le nécessaire, je pensais rentrer chez moi rapidement. J'ai imaginé à ce moment-là que ce n'était qu'une petite crise passagère. Mais il faut l'avouer, mon mariage a explosé en plein vol. Je l'aime toujours, c'est certain, mais je me suis éloignée de lui et Vincent n'a pas tenté de me tendre la main. Ou peut-être que si… mais je l'ai rejeté. Tout comme mes parents, tout comme Baptiste. J'ai envie de tirer tout cela au clair, je dois parler à Vincent. Je me sens un peu mieux, je veux essayer de reconstruire ma vie, pas à pas. Peut-être que discuter avec mon mari me fera du bien, peut-être que je pourrai me faire pardonner. J'ai besoin de lui, de son épaule solide, de son soutien. Nous sommes mariés et je ne souhaite pas que tout s'arrête sur des non-dits.

Ma fille, regarde-toi, il va falloir pas mal de maquillage pour remodeler tout ça !

Pour pouvoir attendrir mon cher et tendre, je ne dois pas avoir l'air d'une épave. Et là, ce n'est pas terrible...

Je me maquille, juste assez pour avoir meilleure mine. Je lisse mes cheveux, car Vincent adore cela, puis j'enfile une jolie robe fluide. Cela fait longtemps que je n'ai pas pris soin de moi. Après avoir mis des ballerines, j'attrape mon sac, jette un dernier coup d'œil dans le miroir de l'entrée, puis me rends à mon ancien domicile.

Sur le chemin, je répète ce que je vais dire à Vincent, je dois l'attendrir sans avoir l'air de le supplier. Aucun homme n'aime quand tout est acquis, je veux lui prouver que je vais mieux, que je me reprends en main, enfin que j'essaie, lui montrer que je suis une femme indépendante qui n'a pas besoin de lui. Lui faire croire que je suis redevenue moi-même.

Difficile quand on n'y croit pas soi-même...

Lorsque je passe la porte, je monte à l'étage, mon mari doit être dans son bureau. Je souffle un grand coup avant d'entrer dans la pièce. Rien. Il n'est pas là. Il n'y a ni son ordinateur ni sa mallette de documents.

Je suis déçue ! J'espérais pouvoir discuter au calme, chez nous. Malgré tout, je décide qu'il est hors de question de rentrer sans avoir tout tenté. Après avoir pris des affaires, j'irai donc au bureau pour essayer de lui parler. Je referme la porte et me dirige vers la chambre.

Tandis que je m'approche, j'entends la voix de Vincent. Il est là !

Mon cœur s'emballe. Il doit être au téléphone. Dois-je l'interrompre ? Attendre qu'il ait terminé ?

Je décide de patienter quelques minutes. Mais, rapidement, je comprends qu'il n'est pas en ligne, une seconde personne est avec lui. Elle glousse. Je sens l'angoisse prendre possession de mon corps. Je ne veux pas avoir la confirmation de ce qui se trame dans cette pièce, dans notre chambre, dans notre lit. Et pourtant, il le faut.

Je prends mon courage à deux mains, je dois savoir. J'entre en trombe. Une femme est nue, chevauchant Vincent qui la fait basculer sur le côté en m'apercevant. Elle remonte le drap sur sa poitrine et ne prononce aucun mot. Mon mari se lève rapidement pour tenter de se justifier, bataillant avec un bout de drap pour essayer de couvrir ce qu'une autre femme n'aurait jamais dû voir.

— Je vais t'expliquer, lance-t-il en enfilant un boxer.

Je ne réponds pas. Que pourrais-je dire ? Il n'y a pas d'explication à fournir, tout est limpide. Je tourne les talons. Je veux fuir le plus vite possible.

— Lyanne, appelle-t-il, tout en me poursuivant dans l'escalier. Écoute-moi, dit-il en m'attrapant le bras.

Je lui fais face, les yeux remplis de larmes, la lèvre inférieure tremblotante.

— Je suis désolé, Lyanne.

— C'est tout ce que tu trouves à dire ! réponds-je en un souffle.

— Ce n'était pas prévu, je t'assure, c'est arrivé comme ça.

— Et tu l'as ramenée dans notre lit ?! Mais tu te rappelles que nous sommes mariés ?

Je crie à présent.

— Je n'en ai plus l'impression depuis longtemps, réplique-t-il sans hausser la voix.

— Je sais que nous traversons une passe difficile, mais je pensais que ça allait s'arranger, je croyais qu'on allait se retrouver.

— Lyanne… C'est toi qui me dis ça alors que tu as ignoré mes appels. Que tu refuses de te faire aider.

Il a raison, je l'ai repoussé, encore et encore. Malgré tout, je me sens trahie. Qu'importent les difficultés, nous sommes mariés. Pour moi, ça signifie quelque chose.

— Je méritais un minimum de respect, lancé-je alors, je suis toujours ta femme.

— Je ne sais pas quoi te dire.

Sa maîtresse apparaît en haut des marches, elle a enfilé une robe.

— Mais… mais je rêve, c'est elle que tu as embauchée à ma place !

— Ce n'est pas ce que tu crois, je n'avais rien prémédité.

— Tu me dégoûtes !

J'attrape mon sac et regagne ma voiture à toute vitesse. Je ne peux pas rester plus longtemps, je sens que je vais me transformer en femme hystérique, je refuse de lui faire ce plaisir.

Je n'ai plus envie de penser à tout ça, je veux oublier cette scène, l'image de cette femme nue, chevauchant mon mari, dans notre lit. Les gémissements qu'ils émettaient. Je me sens sale.

Je rentre chez Baptiste et me glisse sous la douche. Je ne prends ni la peine de me démaquiller, ni de me déshabiller. Je reste assise sous l'eau durant un long moment. Déconnectée de tout, essayant de me laver de tout cet épisode.

J'ai tout perdu, tout.

Chapitre 18

Vincent

Le lendemain, je n'en mène pas large. Je n'adresse que très peu la parole à Rosalie, la remplaçante de Lyanne, au cours de la journée. Je me sens coupable. Mon mariage est fini, mais ai-je fait ce qu'il fallait ? Ai-je tenté de sauver mon couple ? Ai-je essayé de parler avec Lyanne ? Ai-je été là lorsqu'elle avait besoin de moi ? J'ai conscience que je n'ai pas su gérer les événements, je n'ai pas réussi à agir comme j'aurais dû. Et avec Rosalie, je suis allé trop loin. Je n'ai pas prémédité tout cela, c'est vrai. J'ai rencontré cette belle brune dans le cadre du travail, elle cherchait un jardinier pour sa sublime maison en banlieue. De fil en aiguille, je lui ai dit que je souhaitais recruter une collaboratrice pour une courte durée. Elle a proposé de faire un essai puisqu'elle venait de quitter sa boîte. Au vu de son CV, j'ai accepté, c'est une tueuse. Elle a le sens de la répartie, elle peut embobiner n'importe quel client, elle sait y faire et son physique y est aussi pour beaucoup. Elle sait en jouer... un peu trop.

Elle passait devant la vitre en souriant, elle s'asseyait sur mon bureau, croisant et décroisant ses jambes à outrance, elle posait sa main sur mon bras, me murmurait des choses à l'oreille. J'ai fini par ne plus être insensible à cette brune torride. Jusqu'au dérapage.

Aujourd'hui, je m'en veux, je n'ai jamais souhaité faire de mal à Lyanne. J'aurais dû attendre que l'on ait discuté, attendre que notre situation soit claire. Jamais je n'aurais imaginé qu'elle serait rentrée à ce moment-là. Mais notre mariage est un échec.

Je m'installe dans le fauteuil de mon bureau. J'observe les parois vitrées qui donnent sur l'open space dans lequel travaillent mes collaborateurs. Je vois Rosalie qui est au téléphone, toujours aussi souriante. Elle est belle, je ne peux détacher mes yeux de cette jeune Espagnole au sang chaud. Elle me redonne envie de vibrer. Même si ce n'est qu'une passion éphémère, qu'un bonheur passager, j'en ai besoin.

Lyanne

De : Vincent SEGURA
à : Lyanne SEGURA
Date : 18/08/2017 – 17 h 15
Objet : Je suis désolé

Lyanne,

Je ne sais pas par où commencer. Je suis désolé de t'avoir blessée, je n'aurais pas dû agir ainsi, c'est certain. Jamais je n'ai voulu te faire de mal. Malgré tout, nous ne sommes plus un couple depuis longtemps maintenant, tu m'as repoussé, je pensais simplement que tout était terminé. Rosalie était là, et j'ai craqué. Ce n'était pas prémédité, je te le promets.

Je ne me cherche pas d'excuse, j'assume mon erreur.

Il va falloir que l'on parle de la société et de notre situation, il faut que l'on trouve une solution.

Prends soin de toi.

Vincent.

———————————————

Je m'effondre sur ma chaise. Il n'a même pas pris la peine de me le dire en face ou au moins de vive voix.

Lâche jusqu'au bout.

Je sursaute lorsque j'entends mon téléphone sonner. Je regarde l'écran. Baptiste.

Il a déjà appelé une bonne dizaine de fois ces derniers jours, je sais que j'aurais dû lui répondre, il doit être fou d'inquiétude. Je culpabilise d'agir ainsi, mon ami a toujours été là pour moi. De mon côté, je ne suis plus très présente pour lui. Je fais tout de travers en ce moment.

— Enfin, tu me réponds !

— Je sais, je suis désolée.

— Qu'est-ce qu'il se passe, qu'est-ce qu'il t'arrive ? continue-t-il.

Je sens l'angoisse dans sa voix.

— Rien, je n'avais pas envie de parler, c'est tout.

— Et tu me laisses m'inquiéter, sans même un message. Lyanne, merde !

— Ne t'énerve pas Baptiste, s'il te plaît, ce n'est pas le moment.

— Lyanne, écoute, je sais que tout ça n'est pas facile pour toi et je le comprends, tu te doutes bien que de notre côté, ce n'est pas la joie non plus, mais te couper de nous, t'éloigner, te renfermer, ne mènera à rien !

— Je n'avais juste pas envie de parler.

— Est-ce que tu as repris le travail ? demande-t-il, ignorant ma réponse.

— Non, et je ne le reprendrai pas.

— Lyanne...

— Je n'ai pas besoin de tes leçons de morale, Baptiste. Je t'adore, mais la situation est plus complexe qu'il n'y paraît.

— Très bien, si tu ne veux plus travailler là-bas, c'est ton choix, mais il faut que tu trouves autre chose, un autre projet, un autre emploi, tu ne peux pas rester comme ça.

Face à ce silence, Baptiste comprend qu'il n'est pas nécessaire de discuter davantage. Je suis parfois butée et il le sait.

— Nous rentrons bientôt.

— Je sais.

— On va prendre soin de toi, d'accord ?

Sans réponse de ma part, il poursuit.

— Nous serons là le 25 août. Raphaël ne parle que de toi, il a hâte de te voir.

J'ai un pincement au cœur. Mon Raphaël, j'ai tellement souffert ces dernières semaines, j'en ai oublié mon amour pour mon neveu. Il est ma lumière, mon petit bonheur quotidien, à l'image de Charlotte. Je repense aux moments passés avec lui, à l'odeur de sa peau, à son sourire, à sa joie de vivre. J'envie cette innocence, cette capacité à se réjouir de la vie.

— Je te laisse, j'ai des choses à faire, réponds-je assez froidement.

— Très bien, je te rappellerai d'ici là pour voir si tout va bien.

— OK.

Je raccroche, contrariée. Baptiste s'inquiète pour moi, je devrais lui en être reconnaissante, je devrais être heureuse de retrouver un bout de ma famille, mon neveu que j'aime sincèrement, mon équilibre. Mais ce n'est pas le cas. Je ne suis pas stupide, j'ai conscience de plonger un peu plus chaque jour, je sais que ce comportement est inadmissible et que Baptiste me le fera remarquer rapidement. Et je n'ai pas envie qu'ils me voient comme ça. J'ai honte, mais je ne suis pas encore capable de remonter la pente. En serai-je capable un jour ?

Ce soir-là, je me rends dans l'un de mes bars favoris. Je suis bien décidée à reporter mes soucis au lendemain, bien décidée à noyer mon chagrin et la trahison de mon mari. Assise sur un tabouret en bois, j'observe le barman, un jeune homme qui ne doit pas avoir plus de 22 ans. Il est souriant, énergique. Il semble aimer ce qu'il fait. Je regarde les clients dans le miroir derrière le bar. Il y a deux types de personnes dans ce genre d'endroit, ceux venus faire la fête, et ceux qui viennent noyer leur chagrin. J'aperçois un groupe de jeunes femmes qui semblent fêter l'anniversaire de l'une d'entre elles, chantant à tue-tête et ingurgitant plus de shots qu'il n'est possible d'en compter. Un autre groupe, mixte cette fois-ci, joue aux fléchettes dans un coin du bar. Les filles dansent près de leur table, en regardant les garçons viser la cible et se charrier lorsque l'un d'entre eux rate son objectif. Ils doivent se jauger, chacun se demandant avec qui il va finir la soirée.

Je me rends compte que je suis l'unique femme seule. Je commande un autre shot et le bois d'une traite.

Vers 0 h 30, je ne suis plus très sobre, ce qui a le mérite de me faire oublier ce pourquoi je suis dans ce bar lugubre.

— Bonsoir.

Je me tourne. Un homme d'une trentaine d'années se tient debout près de moi. Il est en costard. Le genre de type qui vient boire un verre pour se détendre après une journée de travail. Vu l'heure tardive, je me demande ce qu'il fait encore ici.

— Je peux vous tenir compagnie ? dit-il en désignant le tabouret libre à côté de moi.

Je hausse les épaules en guise de réponse et fais un signe au barman pour obtenir un autre verre.

— Je m'appelle Laurent. Ça fait un moment que je vous observe, vous semblez triste ce soir.

— C'est l'avantage d'un bar lugubre, on peut être triste en paix.

Le jeune homme sourit. Il est beau. Enfin, a priori. L'alcool n'aide pas à avoir les idées claires.

— Qu'est-ce qui vous rend triste ? demande-t-il en payant le verre à ma place.

Je le lève dans sa direction.

— Merci, dis-je en buvant une gorgée.

— Avec plaisir. Alors ? Qui est l'abruti qui vous fait vous sentir ainsi ?

— Mon mari, réponds-je en montrant mon alliance.

— Il ne sait pas la chance qu'il a.

— Arrête ton baratin.

Je l'interromps, il est décontenancé.

— Ce n'est pas du…

— Tu vois, j'ai trouvé mon mari au lit avec une autre femme, aujourd'hui. Ma sœur est morte et j'ai perdu mon emploi, alors je n'ai pas envie de discuter.

Je me lève.

— J'ai juste envie de baiser.

J'attrape son bras et l'entraîne au fond de la salle, dans les toilettes du bar. Une fois à l'intérieur, je ferme le verrou et plaque Laurent contre le mur, l'embrassant à pleine bouche. Mon prétendant, émoustillé, glisse ses doigts sous ma robe. Je déboutonne son pantalon et le caresse entre les jambes. Il me soulève pour m'asseoir sur le lavabo, baisse son pantalon et me pénètre avec vigueur. Je n'ai jamais trompé mon mari, c'est la première fois, mais c'est de bonne guerre. Je veux juste me venger.

L'affaire est terminée en quelques minutes. L'excitation a eu raison de mon amant. Je descends du lavabo, remets ma robe en place et déverrouille la porte.

— C'était sympa, dis-je en quittant les toilettes.

Je rentre et m'écroule sur le lit. Me demandant si je me rappellerai de ma soirée demain. Il vaut peut-être mieux que je l'oublie au fond.

Chapitre 19

Lyanne

Comment avancer lorsque plus rien ne va, comment rebondir lorsque la vie s'acharne ? Je ne vois pas le bout du tunnel, je ne vois même plus quel chemin emprunter, tout n'est que boue et brouillard. Je navigue en eaux troubles, je suis complètement perdue.

Comment tout a pu basculer si rapidement ? Je suis au bout du rouleau. Le boulot, mon mariage, ma sœur, tout a éclaté. Je n'ai plus rien aujourd'hui. Je n'arrive pas à me relever, je fais n'importe quoi. Je le sais, j'en ai conscience, mais je ne peux pas m'en empêcher.

Personne ne me tend la main, personne ne me sauve. Je me sens sombrer un peu plus à chaque instant, sans avoir quelqu'un ou quelque chose à quoi me raccrocher.

J'ai besoin d'un miracle.

* *

*

« Lyanne, c'est Baptiste. J'ai eu un appel de Vincent, il m'a expliqué la situation, enfin plus ou moins. Il n'est pas rentré dans les détails. Je ne sais pas ce qu'il en est, mais appelle-moi, je m'inquiète. Je suis là pour toi, ça va aller. Nous serons à la maison le week-end prochain et je vais m'occuper de toi, d'accord, ma Lyanne ? Courage. »

Vincent a contacté Baptiste. S'inquiète-t-il pour moi ? Je suis touchée, et dans la seconde suivante, l'image de cette femme nue sur mon mari me remet les pieds sur terre.

Déterminée à ne pas me laisser faire, à ne pas être une victime, je décide qu'il est temps de me relever. J'enfile une jolie robe bleue avec un col en V. Je choisis mes bijoux avec soin, de l'or jaune, délicat et fin. Tandis que je descends l'escalier en prenant garde de ne pas trébucher à cause de mes escarpins noirs, j'ajuste ma tresse en épi.

Je me dois d'être forte. Je vérifie mon maquillage dans le rétroviseur de ma voiture juste avant d'entrer dans le bâtiment. Mes mains sont moites, mais je ne veux rien montrer. Je les essuie discrètement sur ma robe que je lisse une dernière fois au moment où les portes de l'ascenseur s'ouvrent.

La pièce est en ébullition, chacun vaque à ses occupations, le téléphone sonne en permanence, la photocopieuse surchauffe et les boîtes mail se remplissent à vue d'œil. Apparemment, les affaires marchent plutôt bien.

Lorsque j'arrive à la hauteur de ma remplaçante, l'ignorant volontairement, elle se précipite pour m'interpeller.

— Lyanne, je voulais vous parler.

— Madame Segura, la rectifié-je.

— Oui, bien sûr, pardon. Je...

— Nous n'avons rien à nous dire.

Je tente de garder mon calme, mais je n'ai qu'une envie : lui arracher la tête, là, maintenant, tout de suite, sauf que ça ferait désordre !

— Écoutez-moi, insiste-t-elle en se plaçant devant moi. Ce n'était pas prémédité, je ne voulais pas vous blesser.

— Vous avez fini ? demandé-je sèchement.

Elle acquiesce d'un signe de tête. L'épouse bafouée que je suis continue alors son chemin en direction du bureau. Que puis-je lui dire ? L'insulter ? La remercier pour ses excuses ? Quel comportement doit-on adopter en pareilles circonstances ? Finalement, je me rends compte que ce n'est pas à elle que j'en veux. Le seul coupable est derrière cette porte vitrée. La maîtresse n'est qu'une conséquence de l'infidélité de cet homme.
Je prends une grande inspiration et entre sans frapper. Vincent, qui était au téléphone, ne m'a pas vue arriver.

— Je dois vous laisser, dit-il alors, je vous rappelle un peu plus tard, j'ai une urgence.

Il attend que son interlocuteur ait répondu, puis il raccroche. Il se lève en frottant machinalement sa cravate pour la lisser, tandis que j'avance calmement. Je m'installe dans le fauteuil en face du bureau. Vincent se rassoit.

— Je suis venue pour qu'on trouve un arrangement pour mon boulot.

Vincent se mord la lèvre, il semble inquiet de la tournure des événements.

— Je ne compte pas rester.

Mon mari semble se détendre.

— Mais tu te doutes bien que je ne vais pas démissionner, ce serait injuste.

Il acquiesce.

— Je veux juste une rupture conventionnelle et une belle somme pour mon départ et je ne remettrai plus les pieds ici. Je me suis beaucoup investie dans cette société, je ne partirai pas les mains vides.

— Tu as raison, je ne comptais pas te laisser sans rien, Lyanne.

Je dois me contenir pour ne pas exploser. Je veux partir dignement, je veux que chacun garde une bonne image de moi. Je refuse que l'on voie dans quel état réel je me trouve aujourd'hui. Je dois prendre sur moi pour parvenir à un résultat convaincant, mais cela semble fonctionner. Je me suis répété les règles : ne pas aborder de sujet sensible, ne pas rester trop longtemps.

— Écoute, je t'envoie tous les documents pour te libérer de tes obligations ici. Si tout te convient, tu signes et tu me les renvoies.

— Très bien.

— Est-ce que tu sais ce que tu vas faire maintenant ?

— Je pense que tu as perdu le droit de connaître mes projets, lancé-je, prête à bondir.

— C'est vrai, tu as raison, répond-il, déçu.

— Je dois y aller.

— Lyanne ?

Je me retourne alors que j'étais sur le point de franchir la porte.

— Je suis vraiment désolé, je t'assure... je...

— C'est trop tard, Vincent. Tes excuses n'y changeront rien. Tu as tout détruit.

Au fond, je sais que je suis injuste, c'est moi qui ai tout détruit, mais je lui en veux tellement que je suis incapable de l'admettre.

— Lyanne... tente-t-il, mais j'ai déjà quitté la pièce.

J'attends d'être dans ma voiture, à l'abri des regards, pour m'effondrer et verser toutes les larmes possibles. J'ai tenu bon, pour la première fois depuis des semaines, je me sens fière de moi. Je n'ai pas craqué et j'ai obtenu ce que je voulais.

* *

*

Je m'installe sur le transat de la terrasse. J'allume une cigarette et admire le ciel. Ce soir, je ne suis pas d'humeur à sortir. Ce soir, je n'ai pas envie de boire. Demain sera sûrement plus difficile, mais aujourd'hui, je suis galvanisée par mon entretien avec Vincent. J'ai montré une certaine assurance, cela ne m'est pas arrivé depuis longtemps.

Le paysage m'apaise, ce magnifique ciel noir au sein duquel brillent des milliers d'étoiles. Le calme ambiant avec pour seule compagnie le chant des cigales. Cette ambiance est relaxante et agréable. Je me surprends à apprécier ce moment. Depuis des semaines, je suis déconnectée de tout, en prise avec mes démons, tentant de garder la tête hors de l'eau, avec difficulté. Ce soir, je profite de cet instant de paix. Même s'il ne dure pas, il a le mérite d'exister.

J'allume mon ordinateur et je suis surprise de trouver un mail qui sort du lot.

Je parcours le message de Samuel avec attention. C'est la première fois qu'on me propose ce genre de mission. J'ai déjà lu des livres avant leur sortie, j'ai fait quelques services presse, mais de la bêta en cours d'écriture. Jamais. Ce doit être intéressant d'aider l'auteur dans son travail d'écriture. Malgré tout, suis-je en état de l'épauler, de le guider ? Je ne peux pas m'engager à la légère.

———————————————————

De : Lyanne SEGURA

à : Samuel BOTTERO

Date : 19/08/2017 – 21 h

Objet : Re : Bêta-lecture

Cher Samuel,

Merci pour votre proposition. Je l'ai lue avec attention, mais je ne suis pas certaine de pouvoir vous aider…

———————————————————

J'efface mon message. Après tout, j'ai besoin d'un but, j'ai besoin de m'occuper. Alors pourquoi pas ?

———————————————————

De : Lyanne SEGURA

à : Samuel BOTTERO

Date : 19/08/2017 – 21 h 2

Objet : Re : Bêta-lecture

Cher Samuel,

Merci pour votre proposition. Je l'ai lue avec attention et j'aimerais en discuter avec vous, un peu plus en détail, avant de vous donner une réponse définitive. Je ne voudrais pas m'engager à la légère.

Vous comptez écrire quel type d'histoire ? Quel en serait le thème ?

Je n'ai jamais effectué de bêta-lecture en cours d'écriture, tout cela est nouveau, êtes-vous certain de vouloir faire appel à moi ?

En tout cas, merci pour votre message.

Lyanne

———————————————————

Je me félicite d'avoir renvoyé ce message. Après tout, je dois me remettre sur pied. Il faut commencer quelque part.

Cette journée a eu le mérite de m'apporter mon petit lot de satisfaction. Cela faisait longtemps que ça ne m'était pas arrivé.

Je m'endors, sereine.

Chapitre 20

Lyanne

— Tata !

— Mon loulou.

Raphaël se jette sur moi pour s'agripper à mon cou. Il demeure ainsi plusieurs secondes, blotti dans les bras de la seule figure maternelle qu'il lui reste, moi...

— Et si tu emmenais ce sac à l'étage ? intervient alors Baptiste.

— D'accord, papa.

Le petit garçon attrape le sac et court vers les escaliers.

— Comment vas-tu ? demande Baptiste en me prenant dans ses bras.

Moi qui suis en colère, depuis des semaines, repoussant Baptiste, tentant d'oublier ce qui me liait à Charlotte, tentant de noyer mon chagrin dans l'alcool, je me sens enfin protégée et à l'abri, auprès de ma famille. Ils m'ont manqué.

— Pas bien, finis-je par répondre.

Pour la première fois, je l'avoue à quelqu'un.

— Je sais. Mais on est là, continue Baptiste. On va se soutenir tous les trois.

Je sens les larmes couler sur mes joues.

— Je n'y arrive pas ! dis-je en reculant pour me détacher de mon meilleur ami. Je n'y arrive pas, elle me manque tellement.

— Elle me manque aussi, mais tu es en vie, elle ne souhaiterait pas que tu te laisses sombrer.

— Mais comment faire ? Comment vivre sans elle ?

— Je n'ai pas encore trouvé la réponse, mais on a une magnifique raison de se battre, un petit garçon de 6 ans qui compte sur nous.

Je dois ravaler mes sanglots lorsque j'aperçois Raphaël descendre les escaliers.

— Tata, ça va pas ?

— Si, si, ça va très bien, mon loulou.

J'essuie mes mains humides sur mon jean et me dirige vers la cuisine pour me servir un verre d'eau.

— Elle me manque aussi, tu sais.

Je me fige.

— Je vous ai entendus, papa et toi, m'informe mon petit champion.

Je bois une gorgée pour me donner une certaine contenance, même si la boule dans ma gorge me rappelle que je suis à fleur de peau.

— Je crois qu'elle nous regarde. Papa dit qu'elle veille sur nous parce qu'elle veut que tout aille bien pour nous.

— Papa a sûrement raison.

— Papa dit aussi qu'on a le droit de pleurer, que c'est normal d'être triste et moi je suis très triste.

Je lève les yeux pour observer mon neveu. Il est calme, il me regarde fixement. Il me semble voir un adulte en face de moi, tant ce petit garçon m'épate. Il a grandi d'un coup.

— Je le sais, mon loulou.

— Papa pleure aussi. Je l'entends dans sa chambre le soir. Il croit que je ne l'entends pas, mais je l'entends.

Je contourne le plan de travail pour le prendre dans mes bras. Il me serre à son tour.

Baptiste, resté dans le salon, a observé la scène en silence. Je sais qu'il aurait souhaité protéger son fils de toutes ces souffrances. Mais, il n'y a aucun moyen de revenir en arrière, aucun moyen de tout effacer. Nous devons affronter ce drame injuste, nous devons affronter la peine, la douleur et l'incompréhension, car nous n'avons aucun autre choix. Sans Raphaël, il m'a dit qu'il n'aurait jamais pu s'en sortir. Sa force se trouve dans cette cuisine, il est sa seule raison de se lever le matin.

Chaque jour, chaque heure, chaque minute, chaque seconde, il pense à Charlotte, comme moi. Ils ont tant désiré cet enfant, ils ont fait face ensemble. Charlotte était sa moitié, celle avec qui il partageait tout. Lorsqu'il devait prendre une décision, il lui demandait conseil, lorsqu'il doutait, il se tournait vers elle. Leur couple était solide, car ils étaient unis. Mais aujourd'hui, il est seul, seul pour affronter la peine, seul pour prendre les décisions, seul pour élever leur fils, seul la nuit, dans son grand lit froid. Et je n'ai pas été là pour l'aider. Je me sens vraiment coupable. Mon comportement est des plus merdique, je dois l'avouer !

— Ça va aller, mon grand, chuchoté-je, on va s'en sortir, pour ta maman. Parce qu'elle nous aime fort et qu'elle veut que nous soyons heureux.

Baptiste nous rejoint alors. Il me sourit comme pour me

remercier.

— J'ai eu un appel du boulot, il faudrait que je fasse un tour au bureau. Ça t'embête de garder Raphaël ?

— Bien sûr que non.

— Merci, je ne devrais pas en avoir pour longtemps. Raph, tu restes avec tata ?

Il acquiesce en courant vers le jardin.

— Vas-y, ça va aller, le rassuré-je.

Je le vois hésiter puis il prend ses clés et quitte la maison.

Je m'installe sur un transat pour surveiller mon neveu, profitant des derniers rayons de l'été. J'allume mon ordinateur et vérifie ma boîte mail, j'ai reçu beaucoup de publicités, de promotions, mais un message attire son attention.

———————————————————

De : Louise SERENO

à : Lyanne SEGURA

Date : 24/08/2017 - 15 h 45

Objet : Projet de convention de divorce

Madame Segura,

Veuillez trouver ci-joint une copie du projet de convention de divorce envoyé par Maître Crespin. Il me semble assez honnête, toutefois je vous demande de le lire attentivement. Annotez-le si besoin.

Dès que vous l'avez parcouru, appelez-moi pour convenir d'un rendez-vous à mon cabinet, nous regarderons le détail ensemble afin de valider des modifications ou une signature.

Je vous prie d'agréer, Madame, l'expression de mes salutations distinguées.

Maître Louise SERENO
Avocate

Maître Sereno est mon avocate. Il fallait bien que je fasse appel à une professionnelle suite au coup de téléphone reçu deux jours plus tôt :

— Bonjour, madame Segura, Maître Natasha Crépin, je suis l'avocate de votre mari.

— Mon mari ? ai-je répondu, surprise.

— Oui, il est venu me consulter concernant une demande de divorce.

J'ai dû m'asseoir. Vincent avait pris les devants.

— Monsieur Segura, a continué l'avocate, souhaite que tout se déroule à l'amiable et de la manière la plus correcte possible.

— Je vois... Et quelle procédure adopte-t-il ?

— Un divorce par consentement mutuel. Pour cela vous devez absolument engager un avocat. Cette procédure permet d'éviter de passer devant le juge, elle peut être bouclée en un ou deux mois en fonction de la rapidité avec laquelle vous vous mettrez d'accord sur le partage des biens.

J'avais senti le sol s'écrouler sous mes pieds. Pourtant, je savais que mon mariage était fichu, mais tout cela rendait cette histoire réelle.

Aujourd'hui, ma propre avocate me contacte pour faire avancer le dossier. Tout comme Vincent, je ne souhaite pas que ça traîne, je veux oublier tout cela, oublier mon mariage, le décès de ma sœur, le trou béant dans lequel j'ai sombré. Ma vie est en miettes. J'ai tout perdu en une fraction de seconde, à cause d'un feu rouge.

Une multitude de questions se bousculent dans mon esprit. Est-ce le destin ? La faute à pas de chance ? Une punition pour avoir délaissé ma famille au profit de mon emploi ?

———————————————

De : Samuel BOTTERO

à : Lyanne SEGURA

Date : 25/08/2017 – 11 h

Objet : Bêta-lecture

Chère Lyanne,

Merci pour votre réponse. En réalité, ce roman serait autobiographique. Je suis malade, j'ai la mucoviscidose et j'avais envie d'écrire mon histoire, de parler de cette maladie, de mon quotidien. Mais pour ne pas tomber dans le mélo, j'ai besoin d'une personne extérieure pour m'aider, pour me guider.

Je sais bien que cela va vous demander du travail et de l'investissement, mais j'espère que vous accepterez de faire partie du plus grand projet de ma vie.

À bientôt,

Samuel

Samuel

Je me félicite de ne pas avoir reçu une réponse négative. Je peux encore la convaincre, la faire basculer pour qu'elle accepte. Elle doit accepter, c'est ma seule chance pour effectuer ma mission, la seule manière de l'atteindre. J'ai bien compris que le blog l'aide à remonter la pente depuis le décès de sa sœur. Je lis ses billets d'humeur, je sais qu'elle va mal. C'est le moment d'agir, le moment de m'immiscer dans sa vie, subtilement et habilement. Je clique sur envoyer et avale mes médicaments. Je jette un coup d'œil à son blog. Pas de nouvel article. Son dernier post a été larmoyant. Elle semblait bouleversée. Je m'en veux de lui mentir, mais comment pourrait-il en être autrement ? Je ne peux pas échouer.

Chapitre 21

Lyanne

— Tata !

— Oui ? réponds-je en essayant de me donner une contenance.

— Ton téléphone a sonné, dit-il en me tendant mon smartphone.

— Merci.

Je regarde l'écran, j'ai reçu un message de Baptiste :

« Lyanne, pourrais-tu aller faire quelques courses ? Juste l'essentiel, j'y retournerai la semaine prochaine. Biz »

Je n'ai même pas pensé à faire des courses avant le retour de Baptiste et Raphaël, trop obnubilée par ma propre personne.

Raphaël n'a pas bougé, il m'observe.

« OK » envoyé-je à mon meilleur ami.

— Papa nous demande d'aller faire des courses, va enfiler tes chaussures.

Il se précipite dans le hall de la maison. J'attrape mon sac et mes clés de voiture. Cette petite virée tombe à pic, il me faut oublier le mail reçu, j'ai envie de me plonger dans des banalités habituelles, routine que j'ai mis de côté depuis plusieurs semaines. Les habitudes ont quelque chose de rassurant.

Dans le magasin, je suis happée par le rayon alcool. Raphaël étant occupé à feuilleter une bande dessinée, j'en profite pour glisser quelques bouteilles dans le caddie. Ni vu ni connu. En trente minutes, les courses sont bouclées et tout le monde est en voiture.

Avec Raphaël sur la banquette arrière, je redouble de vigilance, j'ai eu la chance de pouvoir reprendre le volant sans crainte suite à l'accident. Les médecins m'avaient prévenue que certains accidentés redoutaient la conduite, mais pour moi, le traumatisme est tout autre, je ne me sens pas anxieuse en voiture. Pour autant, je fais vraiment attention, pour rien au monde je ne voudrais être responsable d'un nouveau drame impliquant mon neveu.

Le retour se passe sans encombre. Je range les courses dans la cuisine, Raphaël a déjà filé jusqu'à sa chambre, impatient de jouer avec ses legos. J'attrape une première bouteille et m'installe sur le canapé. J'allume la télé et zappe rapidement de chaîne en chaîne, désespérée à l'idée de trouver un programme intéressant. J'abandonne et choisis un documentaire animalier pour passer le temps. Je prends mon ordinateur pour lire une seconde fois le mail de mon avocate. J'hésite à cliquer sur la pièce jointe, pourtant il faut bien que je l'ouvre un jour ou l'autre.

Je clique, les mains tremblantes. Tout va devenir définitif, bien réel. Je ne suis pas prête. Je tente de parcourir le document, le charabia juridique m'empêche de tout comprendre, mais j'aperçois des adresses, des montants, le partage de nos biens semble équitable. Je laisserai mon avocate s'en charger. Au fond, je m'en moque de perdre la maison, la télé du salon ou le vase d'un célèbre artiste dont le nom m'échappe. Je veux juste retrouver ma vie d'avant et ma routine. Je n'ai pas la force de tout recommencer, tout reconstruire. DIVORCÉE va être inscrit partout, AU CHÔMAGE, SEULE, SANS AMBITION. Voilà ce que je suis désormais, une ratée !

Je me sers un verre. Après tout, je suis encore trop lucide à mon goût, j'ai envie d'oublier pour quelques heures.

* *

*

Baptiste

Je suis en train de batailler avec l'ordinateur de mon collègue lorsque mon téléphone sonne. Je ne réponds pas la première fois, trop occupé à tenter de sauver les dossiers enregistrés sur le disque dur. Quand il sonne à nouveau avec insistance, je me décide à décrocher.

— Monsieur Morin ?

— Oui, c'est bien moi.

— Bonjour, agent Pinelli, police municipale.

Je me fige, cessant ce que je suis en train de faire. J'ai déjà reçu un appel de ce genre quelques mois plus tôt, mon sang ne fait qu'un tour.

— Que se passe-t-il ? demandé-je, anxieux.

— Est-ce que vous avez un fils ?

— Oui, Raphaël. Pourquoi ? Il lui est arrivé quelque chose ?

— Ne vous inquiétez pas, il va bien, il a été retrouvé par une patrouille de police, se promenant seul dans la rue.

— Pardon ? Seul ? Mais vous êtes sûr, il était avec sa tante aujourd'hui.

— Des agents se sont rendus chez vous. Personne n'a répondu. Tout semblait normal.

— D'accord, d'accord, donnez-moi l'adresse, je viens le chercher tout de suite.

Sur le trajet, je tente de joindre Lyanne à plusieurs reprises. Sans succès. Je suis inquiet, et s'il lui était arrivé quelque chose ? Je passe la vitesse tout en m'imaginant le pire. J'ai déjà perdu Charlotte, je ne souhaite pas perdre aussi ma meilleure amie. Je me rassure en me disant que mon fils va bien.

J'entre en trombe dans le poste de police. L'agent, surpris, se tient sur ses gardes.

— Bonjour, je viens chercher mon fils.

— Vous êtes le père du petit Raphaël ?

— Oui, c'est ça, Raphaël Morin.

L'agent m'emmène vers un bureau au fond du couloir. Lorsqu'il ouvre la porte, Raphaël court dans mes bras. L'agent de police, le visage fermé, me fait asseoir.

— Alors, est-ce que vous pourriez m'expliquer pourquoi votre fils était seul ? demande-t-il, soucieux de savoir s'il est bien traité.

— Il était avec sa tante, j'ai été appelé pour une urgence au travail, et ma belle-sœur devait le garder à la maison, je ne comprends pas.

Je me tourne vers Raphaël.

— Où est tata ?

— À la maison, répond mon fils.

L'agent de police écoute attentivement, il m'explique qu'il n'a pas réussi à le faire parler. Terrorisé par l'environnement et les uniformes, il est resté muet.

— Pourquoi étais-tu seul dans la rue ?

— Tata était endormie, je n'arrivais pas à la réveiller, alors je suis sorti pour te chercher. J'avais peur qu'elle soit morte comme maman.

Je me tourne vers l'agent.

— Nous avons perdu sa mère dans un accident de voiture, il y a quelques mois. Raphaël était aussi dans le véhicule, ce jour-là. On essaie tant bien que mal de remonter la pente.

Le policier se détend. Tout lui semble normal. Raphaël a pris peur, traumatisé par la mort récente de Charlotte. Rien d'alarmant.

— Vous pouvez y aller, monsieur Morin. Mais faites attention à l'avenir.

— Merci.

Je saisis la main de Raphaël et nous rentrons rapidement chez nous. Je suis inquiet de savoir Lyanne endormie si profondément. Et si elle avait fait un malaise ? Je me dépêche afin de tirer tout cela au clair. Je ferai la leçon à Raphaël un peu plus tard, mon fils doit se remettre de ses émotions.

Lorsque je pénètre dans le salon, Raphaël collé à moi, j'aperçois les bouteilles et comprends immédiatement la raison de ce profond sommeil. Je fulmine intérieurement, ne souhaitant pas effrayer Raphaël. Je m'approche de Lyanne.

— Regarde, tu vois, tata respire, ça veut dire qu'elle dort, mais comme elle était fatiguée, elle a du mal à se réveiller.

— Tu promets ? interroge le petit garçon, peu convaincu.

— Je te le promets, allez, monte dans ta chambre, je vais la réveiller.

Raphaël s'exécute.

Je dois prendre sur moi pour ne pas hurler sur ma belle-sœur.

Je la secoue vigoureusement.

« Lyanne ! » dis-je assez fort pour qu'elle l'entende, sans pour autant effrayer mon fils.

Elle gémit et tente de se tourner sur le canapé puis s'écroule sur le sol. Elle essaie de se relever, en se tenant la tête. Elle semble avoir mal au crâne.

— Baptiste ? Tu es rentré ? Je... euh...

* *
*

Lyanne

Je ne me rappelle plus ce qu'il s'est passé ni l'heure qu'il est. Qu'étais-je en train de faire avant qu'il ne revienne ? Pourquoi ai-je bu en milieu d'après-midi ?

— Tu me fais honte, Lyanne, tu as vu dans quel état tu es ! Dans mon salon ! C'est à ça que tu as passé ton été ? À boire ?

Je ne réponds pas, je me sens comme une enfant prise en faute, à qui l'on fait la morale pour lui faire entendre raison et s'assurer qu'elle ne recommencera plus.

— Je peux t'expliquer, j'ai reçu un...

— Je ne veux pas le savoir, m'interrompt-il. Tu devais garder Raphaël cet après-midi. Tu te souviens de Raphaël ? Ton neveu de 6 ans !

J'ouvre grand les yeux. Je me rappelle enfin ce que je faisais ce matin. La panique m'envahit.

— Il va bien, me rassure Baptiste. Heureusement, mais ça aurait pu être pire. Quelqu'un l'a retrouvé dans la rue, seul.

— Quoi ? C'est impossible ! Il était dans sa chambre et...

— Tu te moques de moi, tu te rends compte que tu as bu deux bouteilles en présence de Raph! Tu t'es écroulée, ivre morte, et il était tellement inquiet de te savoir en danger qu'il est sorti pour chercher de l'aide.

Je ne sais plus où me mettre, je me sens terriblement mal à l'aise. Baptiste s'énerve rarement, mais j'ai franchi une limite qu'il ne peut pas accepter.

— Écoute-moi bien, on a eu de la chance que Raph soit indemne, mais ça aurait pu être bien plus grave ! Tu ne peux pas continuer comme ça, tu es allée trop loin!

Baptiste marque une pause pour reprendre son souffle, il semble chercher ses mots. Ma mine déconfite doit suffire à lui montrer à quel point je suis désolée.

— Voilà le deal, tu te fais soigner ou tu ne mettras plus jamais les pieds dans cette maison, tu peux dire adieu à ton neveu et à ton meilleur ami. À toi de voir ce qui compte réellement pour toi ! Tu es vivante, Lyanne, tu as encore la vie devant toi, tu peux tout recommencer. Charlotte serait anéantie de te savoir dans cet état. Tu nous fais honte !

Sur ces derniers mots, Baptiste tourne les talons.

Chapitre 22

Lyanne

Je reste figée. Les yeux perdus dans le vide. Je me rends compte de l'incroyable erreur que je viens de commettre. Et si Raphaël était tombé dans l'escalier ? Et s'il s'était fait renverser par une voiture ? Et s'il avait été kidnappé ? J'imagine les pires scénarios, consciente du mal que j'ai failli causer.

Je ramasse les bouteilles autour de moi et me traîne jusqu'à la cuisine. J'ai la bouche pâteuse, je sens l'alcool tout autour de moi. Je les jette dans la poubelle, puis en attrape une troisième cachée dans un placard. Je l'ouvre et la vide entièrement dans l'évier. Il est temps pour moi de me sortir de ce cercle vicieux. Je viens de toucher le fond. J'aime Raphaël comme mon fils et ce que j'ai fait est impardonnable.

Trente minutes plus tard, après avoir avalé un cachet pour le mal de tête, je m'installe sur la terrasse pour profiter du soleil. J'ai besoin d'énergie, mais aussi de réfléchir à mon avenir. Raphaël s'approche timidement de moi.

— Viens, mon loulou, lui dis-je en lui tendant la main, le voyant hésiter.

— Tu vas bien ? demande-t-il, inquiet.

— Oui, ne t'inquiète pas, ça va beaucoup mieux.

Il se place devant moi. Je lui prends les mains.

— Je suis vraiment désolée de t'avoir fait peur.

— C'est pas grave, répond-il en haussant les épaules. Je ne voulais pas que tu partes comme maman.

J'ai un haut-le-cœur. Il a pensé que j'étais morte moi aussi. Je me déteste pour avoir infligé tout cela à ce petit être déjà si amoché par la vie.

— Je ne compte pas vous laisser papa et toi, d'accord ? Je te le promets ! Je vais bien et jamais plus je ne te ferai peur comme aujourd'hui.

Raphaël sourit, rassuré par mes paroles. Il me tend un dessin qu'il avait caché dans sa poche.

Je le déplie.

— Papa a dit que tu étais triste, alors je t'ai fait un dessin pour que tu sois mieux.

— C'est gentil, mon loulou.

— Là c'est toi, dit-il montrant du doigt la feuille, là c'est papa, là c'est moi. Et là c'est maman, mais elle est dans le ciel, sur un nuage, elle nous regarde.

Je le prends dans mes bras et le serre de toutes mes forces.

— Je te demande pardon, Raphaël. Je t'aime fort et je suis terriblement désolée.

— C'est pas grave, tata, tu as le droit d'être triste toi aussi.

J'absorbe son énergie, sa gentillesse, sa douceur. J'absorbe tout ce qu'il peut m'apporter pour que je reprenne pied.

Il est temps pour moi d'avancer. C'est maintenant ou jamais.

* *

*

———————————————————

De : Lyanne SEGURA

à : Samuel BOTTERO

Date : 25/08/2017 - 17 h

Objet : Re : Bêta-lecture

Bonjour Samuel,

Merci pour vos précisions. J'accepte avec plaisir votre proposition. À vrai dire, je traverse une mauvaise passe et j'ai bien besoin de m'investir dans un projet. Besoin de faire autre chose, de me changer les idées.

J'ai hâte de recevoir vos premiers chapitres.

Bonne écriture,

Lyanne.

———————————————————

De : Samuel BOTTERO

à : Lyanne SEGURA

Date : 25/08/2017 – 19 h

Objet : Re : Bêta-lecture

Lyanne,

Merci infiniment, j'en suis ravi.

Je vous fais parvenir les quelques premiers chapitres. Ce ne sont que des premiers jets et même si j'ai fait de l'écriture mon métier (je suis journaliste), écrire un roman est une tout autre aventure que je ne maîtrise pas forcément. Un vieux rêve endormi. Soyez indulgente.

À bientôt,
Samuel

———————————————

Le mail de Samuel est arrivé dans la soirée. Je me suis installée sur le canapé. J'ai transféré les pièces jointes sur ma liseuse, la lecture y étant plus agréable, puis je me suis servi un verre de... jus d'orange.

Hors de question de boire une goutte d'alcool dorénavant.

** Roman de Samuel **

Chapitre 1

Enfance

On a découvert que j'avais la mucoviscidose dans les premières années de ma vie. Je pleurais beaucoup, j'avais des soucis de croissance, malgré mon grand appétit, des troubles respiratoires, une toux persistante et épuisante. Mes parents avaient l'impression que j'attrapais chaque microbe, car je cumulais les infections des voies aériennes. J'avais une forte tendance à respirer vite, plus vite que la moyenne. Ma mère, à bout, m'a amené à l'hôpital, elle leur a dit qu'elle ne partirait pas tant qu'ils n'auraient pas trouvé ce que j'avais. Qu'il faudrait appeler la police pour la sortir de force parce qu'elle ne comptait pas bouger. Les médecins m'ont fait passer des tests et le verdict est tombé, j'avais la muco. Mes parents étaient sous le choc, ils n'étaient pas préparés, ils ne connaissaient rien à cette maladie. Mais ils ont dû s'adapter. Ils se sont alors renseignés sur les symptômes, les traitements, l'espérance de vie. Parce que, malheureusement, c'est une maladie mortelle, il n'existe à ce jour aucun remède pour la guérir. Les recherches ont beaucoup évolué. En 1950, l'espérance de vie était de l'ordre de 7 ans. Oui, oui, 7 ans. Lorsque j'étais enfant, on m'avait donné 15 ans. Pas plus. Aujourd'hui, on avoisine les 50 ans. Les traitements sont plus efficaces et cela permet, si la maladie est prise assez tôt (car depuis 2002, le test de dépistage est systématique à la naissance), d'avoir une vie aussi normale que possible. J'ai eu de la chance, j'ai largement dépassé les 15 ans. Une bonne étoile devait veiller sur moi, malgré les épreuves.

Je parle, je parle, mais peut-être ne savez-vous pas ce qu'est la muco. C'est une maladie génétique. Rassurez-vous, génétique veut dire que ce n'est pas contagieux. Elle affecte le fonctionnement de plusieurs organes comme les poumons, le système ORL, le tube digestif, le foie, le pancréas, et les organes reproducteurs. Réjouissant, n'est-ce pas ?

En fait, j'ai un gène défaillant. Un seul, vous vous rendez compte ? On l'appelle le gène CFTR, il est censé fabriquer une protéine très importante pour le corps, mais comme il est défaillant, il ne le fait pas bien. Et vous savez que deux millions de personnes seraient porteuses de ce gène en France ? Eh oui, vous pouvez parfaitement avoir ce gène sans être malade, vous êtes alors un porteur sain. Sauf que si vos deux parents l'ont, vous pouvez récolter la muco. Bingo, c'était pour ma pomme !

La muco m'en a fait baver, mais je n'ai pas à me plaindre, car j'ai eu une enfance et une adolescence assez agréables. La maladie peut rester latente durant quelques années. Bien sûr, j'avais un traitement, et plein de choses à faire pour la maîtriser, mais j'ai pu profiter de mon enfance, avec le brin d'insouciance que l'on a encore dans cette période de notre vie. C'est après que ça s'est compliqué...

* *
*

J'éteins la liseuse en ayant conscience de ma chance d'être née en bonne santé. Cela remet les choses en perspective. J'imagine difficilement comment on peut apprendre à vivre avec ce poids sur les épaules, comment on peut avancer sans maudire la vie pour ce cadeau empoisonné. Pourtant, il le faut bien, les malades n'ont pas le choix. Quel courage ! Je suis admirative de tous ceux qui luttent pour leur survie. J'en ai presque honte de mon comportement de ces derniers mois.

Chapitre 23

Lyanne

Contre toute attente, j'accepte d'aller au repas organisé par ma mère, en l'honneur de Charlotte.

Charlotte est née un 3 septembre. Raphaël a fait sa rentrée, accompagné de Baptiste et moi-même. Nous avons pu discuter quelques minutes avec la maîtresse de la classe, mais aussi avec la directrice. Toutes deux, très touchées par le décès de leur collègue ont été réceptives aux suppliques de Baptiste. Il souhaitait par-dessus tout que son fils soit traité comme les autres et qu'il ne soit fait aucun cas de la disparition de sa mère. Il a malgré tout demandé que les enseignantes gardent un œil sur lui afin de détecter un changement de comportement éventuel. L'année précédente s'est terminée assez sereinement malgré le drame, il espère que la nouvelle année se déroule correctement pour qu'il bénéficie d'une scolarité normale.

En fin d'après-midi, Baptiste est venu récupérer Raphaël, rassuré par les propos de la maîtresse qui l'a trouvé totalement à son aise. Ils sont alors allés directement chez mes parents. Un goûter attendait déjà mon neveu sur la table de la cuisine. Il ne s'est pas fait prier pour le dévorer, épuisé par sa première journée de classe.

Je suis arrivée une heure plus tard, l'air penaud, je n'étais pas très à l'aise, mais je me devais de faire un pas dans la bonne direction, et fêter l'anniversaire de Charlotte semblait être une jolie manière de lui rendre hommage et de se rappeler des souvenirs joyeux. Je n'ai pas été emballée à cette idée, mais je devais faire enfin face à ma souffrance ! Elle est morte, il faut l'accepter pour avancer.

— Bonjour, maman.

— Oh, ma chérie, s'exclame ma mère, en me prenant dans ses bras. Je suis tellement contente que tu sois venue.

Je ne réponds pas, mais je suis rassurée de voir qu'elle ne me tient pas rigueur des semaines passées.

— Allez, viens dans le salon, tout le monde est là.

Le dîner est organisé en petit comité. Marie et Jean, mes parents, Baptiste, Raphaël et moi-même.

— Il faut que je vous parle, lancé-je alors tandis qu'ils s'installent à table pour déguster l'entrée.

Mes parents me fixent, soucieux, tandis que Baptiste se demande par quelle annonce je vais commencer.

— Je ne vous ai rien dit pour ne pas vous inquiéter avec tout ce qu'il s'est passé, mais aussi et surtout parce que j'ai eu beaucoup de mal à accepter tous ces changements dans ma vie.

— Ces changements ? De quoi parles-tu, Lyanne ? s'enquiert mon père.

— Vincent et moi sommes en train de divorcer, je suis hébergée chez Baptiste depuis quelque temps.

— C'est pas vrai ! s'exclame ma mère, en reposant le saladier.

— Et ton travail ? Comment fais-tu pour le voir tous les jours ?

— En réalité, je ne travaille plus avec lui. Nous avons convenu d'une rupture de contrat.

— Oh, ma petite fille !

— Ne vous inquiétez pas, il m'a versé une belle somme pour partir sereinement et le divorce se passe à l'amiable, même si ce n'est pas évident de tirer un trait sur tout cela.

— On se doute bien, mais tu sais quoi, continue mon père, j'en suis ravi.

— Pardon ? m'étonné-je.

— Tu t'es trop oubliée pour cet homme. Il n'était pas méchant, bien sûr, mais il ne pensait qu'à sa société et tu méritais aussi de vivre ton rêve. Tu as tout mis de côté pour lui, maintenant tu vas te focaliser sur toi.

Je reste bouche bée. Je regarde mon père, ma mère et Baptiste. Tous trois semblent partager la même opinion. Charlotte et Baptiste m'en avaient déjà parlé, quelques mois auparavant, mais mes parents se sont bien gardés de donner leur avis.

— Alors vous pensiez tous les trois que nous divorcerions ?

Ils hochent la tête à l'unisson.

— Ah ben ça alors ! m'exclamé-je en souriant.

Finalement la nouvelle est plutôt bien accueillie. Je me sens soulagée. Je regarde Baptiste, il attend la suite, se demandant probablement si je vais aborder mes soucis d'alcool, mais je m'en tiens à ces deux nouvelles, je ne veux pas qu'ils s'inquiètent et surtout, je ne suis pas prête à les décevoir une fois de plus.

— J'ai passé un été assez mouvementé, maintenant grâce à Baptiste et Raphaël, j'ai décidé de recommencer à zéro, nouveau travail, nouvel appart, il va falloir que je me prenne en main.

— C'est très bien, assure ma mère. Il te faut un nouveau départ pour aller mieux.

Mes parents ne sont pas dupes, ils sentent très bien que je ne vais pas bien et que je suis toujours chamboulée par la mort de ma sœur, mais ils respectent mon silence, mon espace vital, mon besoin de prendre du temps pour m'ouvrir.

— Allez, dînons maintenant, enchaîne ma mère.

— J'ai faim ! ajoute mon père.

— Moi aussi, affirme mon neveu.

Nous nous esclaffons tout en nous servant. Je regarde cette famille si merveilleuse et je comprends que j'ai encore des raisons de me battre. J'ai broyé du noir en me coupant d'eux pendant deux mois, mais finalement, ce n'était pas la bonne solution, il me faut être entourée pour avancer, être aimée et avoir des projets.

— Alors, comment te sens-tu ? demande Baptiste, tandis que nous sommes assis sous la véranda.

— Plutôt bien.

Le repas a été copieux, placé sous le signe des rires et de la bonne humeur. Nous avons décidé qu'il ne fallait pas pleurer en ce jour d'anniversaire, mais bien célébrer la mémoire de Charlotte. Sa joie de vivre. Ce fut une belle soirée.

— Tant mieux. Ça soulage de dire la vérité, non ?

— Oui, je n'imaginais pas qu'ils l'accepteraient si facilement, mais je crois que je ne voulais pas l'accepter moi-même.

— Je comprends.

Nous marquons une pause, observant le jardin fleuri de ma mère.

— Je sais ce que tu penses, lancé-je alors.

— Ah bon ? Dis-moi...

— Tu penses que j'aurais dû parler de l'alcool.

— Tu fais ce que tu veux, Lyanne. Si tu ne te sens pas prête, ce n'est pas moi qui vais te forcer.

— J'ai juste besoin d'un peu plus de temps, de comprendre ce qui m'arrive et d'agir dans la bonne direction.

— Tu as déjà commencé à agir en venant ici et en affrontant la réalité.

— Je l'espère.

— Mais oui, ça va aller, ne t'en fais pas !

J'observe le jardin de mon enfance. J'ai tant de bons souvenirs avec Charlotte.

— Tu sais ce que tu vas faire maintenant ?

— Non, pas vraiment. J'ai toujours ce rêve d'ouvrir mon café littéraire, mais je n'en ai pas les moyens et je ne me sens pas encore prête pour un si gros projet. Avec la jolie somme versée par Vincent et l'argent de la vente de la maison, je vais sûrement pouvoir prendre un appart.

— Tu peux rester chez nous, tu sais.

— Je sais, mais je crois qu'il va falloir que je m'assume un peu. Il faut que je me remue.

— C'est pas moi qui vais dire le contraire.

— Merci d'être mon ami, soufflé-je, sous le coup de l'émotion.

Il me tapote la main et se lève pour rejoindre Raphaël qui joue avec mon père dans le salon.

Je reste un instant, seule, à penser à cette discussion. Je me sens mieux.

— Lyanne ! appelle alors ma mère.

— J'arrive.

La famille est réunie autour de la table pour déguster un gâteau au chocolat spécialement créé par un pâtissier pour l'occasion.

— Je vous remercie d'être venus, les enfants, commence ma mère qui se tient debout, près de mon père. Je sais que ce n'est pas évident pour vous non plus, ma Charlotte était merveilleuse et ce tragique accident nous l'a enlevée.

Je sens une pointe au cœur, la culpabilité est toujours présente.

— Nous avons la chance d'avoir une autre fille, un gendre et un petit-fils. Grâce à cela, notre famille peut encore continuer à créer des souvenirs. Car elle nous manque, elle nous manque terriblement.

Mon père attrape sa main.

— Les derniers mois ont été difficiles pour nous tous, mais aujourd'hui, je crois qu'il nous faut célébrer les moments passés avec Charlotte, le temps est venu d'avancer et de lui montrer que nous pensons à elle en vivant chaque seconde intensément. Nous sommes ensemble, c'est l'essentiel. Je t'aime, Charlotte, conclut-elle en regardant sa photo posée sur le buffet.

Nous nous octroyons tous un petit instant pour penser à Charlotte. Puis chacun, tentant de ravaler ses larmes, se redresse pour goûter au gâteau que mon père a commencé à servir. Ma mère se rassoit, observant sa famille. Aujourd'hui, je sens qu'elle est apaisée, en paix avec elle-même. Elle est forte, et son visage, qui était marqué par la douleur, est à présent plus serein.

La vie continue malgré les blessures.

* *

*

Samuel

De : Lyanne SEGURA

à : Samuel BOTTERO

Date : 05/09/2017 – 8 h

Objet : Re : Bêta-lecture

Samuel,

Je suis très émue par les premiers chapitres que vous m'avez fait parvenir. Quelle sincérité, quel courage ! Je suis admirative de votre parcours. Je ne connaissais pas bien cette maladie, et je dois dire que je suis ravie de pouvoir la découvrir grâce à vous.

Je vous remercie de m'avoir embarquée dans ce projet, car je crois qu'il va m'aider à aller mieux, d'une certaine manière.

Vous n'êtes pas sans savoir, j'imagine, que j'ai perdu ma sœur dans un accident de la route, il y a quelques mois, et j'ai beaucoup de mal à m'en remettre, je dois l'avouer. Je ne vais pas m'étendre, car là n'est pas le sujet, mais merci pour cette aventure.

Dans l'attente de vous lire,

Lyanne

De : Samuel BOTTERO

à : Lyanne SEGURA

Date : 05/09/2017 – 18 h

Objet : Re : Bêta-lecture

Chère Lyanne,

Merci pour ce premier retour. Le stress était à son comble.

Comment vous dire que j'ai actualisé mes mails environ dix fois par jour... Ça reste entre nous !

Je ne veux pas écrire ce livre pour me faire plaindre, mais juste pour aider les malades ou pour aider à parler de cette maladie, car c'est grâce aux dons que les associations peuvent lutter et se battre pour nous. Mais je crois qu'au fond, ça me fait du bien à moi aussi. Coucher les mots sur le papier est une forme de thérapie.

Je n'ai pas osé aborder le sujet, mais effectivement, j'avais lu les quelques billets d'humeur sur votre blog. Je vous présente mes condoléances, je suis désolé pour votre sœur. J'imagine bien votre douleur. J'ai eu la malchance de voir quelques amis, atteints de muco, partir avant moi. Ça nous rappelle que la vie est courte et qu'il faut la croquer à pleines dents, ne pensez-vous pas ?

Si vous avez besoin d'une oreille attentive, n'hésitez pas ! Je sais écouter.

Je vous envoie mes prochains chapitres rapidement.

Prenez soin de vous.

Sam

PS : question idiote, mais d'où vous vient votre prénom ? Il est très joli, mais plutôt rare.

———————————————

Je clique sur envoyer et me laisse retomber contre le dossier de ma chaise.

Elle a mordu à l'hameçon. Ma mission est lancée. Le stress est à son comble. Je ne dois pas me faire griller et faire très attention à ce que je vais lui dire. Je dois avouer que je suis touché par cette jeune femme, par sa souffrance. J'ai pris contact avec elle dans l'espoir de créer une brèche, mais aujourd'hui, je me rends compte qu'il va être difficile pour moi de ne pas trop en dire, de rester sur la réserve, tout en menant à bien mon projet. Je ne peux pas échouer si près du but. Et au fond, j'aime bien cette idée de livre, c'est assez enthousiasmant. J'en ai tellement bavé avec cette maladie, j'ai aussi besoin d'extirper tout cela de ma mémoire, de parler aux gens, de les aider et peut-être de les toucher.

Chapitre 24

Baptiste

Depuis plus de vingt minutes, je suis immobile devant le dressing de la chambre parentale. Je n'ose plus bouger, pétrifié par ce que je m'apprête à faire.

Ces derniers mois ont été éprouvants, mais j'ai tenté d'avancer. Les vacances en Bretagne ont été bénéfiques pour moi comme pour mon fils. Je me sens prêt à franchir une nouvelle étape. Une étape difficile que je redoute depuis des semaines. J'ai si peur que tout devienne définitif, irréversible et bien réel. Je vis dans cette maison avec tous les souvenirs de Charlotte, ses affaires, ses habits, ses effets personnels, son maquillage, ses parfums. Tout est encore à sa place. Rien n'a changé depuis son décès. Mais je le sais, je dois faire le tri et dire adieu à ma compagne. Je n'ai plus d'autre choix pour avancer. Alors aujourd'hui, je me tiens debout devant le dressing dans l'intention de faire du rangement. Je souffle un grand coup et ouvre les portes. Je commence par sortir les vêtements de Charlotte et les dépose dans un sac. Je compte les donner à une association. Je ne peux m'empêcher de humer certaines de ses affaires. L'odeur de lessive domine, mais je peux encore sentir son parfum à certains endroits. Je garde un foulard et un gilet qu'elle adorait porter l'hiver, blottie devant le feu de cheminée. Dans la salle de bain, je me débarrasse de tous ses produits de beauté. Je ne conserve qu'un parfum, son préféré, celui qu'elle mettait tout le temps. Je ne peux me résoudre à jeter ses bijoux, alors je les trie et dépose les bijoux fantaisie dans le sac. Je garde les bijoux de valeur, les range dans une petite boîte et la glisse au fond du placard. Cela fera des souvenirs à Raphaël, plus tard. Je fais un tour de la maison et dois mettre de côté quelques objets et effets de classe, notamment sa sacoche en cuir marron que je ne souhaite plus voir. Je dépose le tout dans un carton que je scotche et stocke dans le garage. Ce n'est qu'un petit pas, mais c'est important. Je ne peux plus vivre dans le souvenir de ma compagne. Je ne l'oublierai jamais évidemment, comment le pourrais-je ? Mais je dois avancer. M'extirper de cette douleur qui m'engloutit comme des sables mouvants. Il me faut rebondir et continuer, pour moi, pour Raphaël, pour Lyanne.

Je ne compte pas refaire ma vie. Cette idée m'est inconcevable. Je ne me vois pas présenter une autre femme à mon fils et encore moins l'accueillir chez nous, dans notre maison. Mais je ne peux plus faire comme si elle allait passer la porte et s'installer dans le fauteuil. Je ne peux plus faire comme si elle allait revenir. Non, je dois accepter. Accepter son décès, accepter que je ne la verrai plus, accepter qu'elle est partie.

Lorsque j'ai terminé, je descends au lac et m'assois au bord de l'eau. Je me mets à parler à Charlotte. C'est étrange. Peut-être pour lui dire au revoir, peut-être pour qu'elle ne croie pas que je l'oublie. Je me sens coupable d'une certaine manière. Je veux sentir qu'elle est là, encore quelques minutes ou quelques heures. Accepter, oui, il le faut, mais pas tout de suite. Je ne suis pas prêt. J'ai besoin d'un petit rab de temps.

Alors, j'attrape la bague que je porte autour du cou, la bague de fiançailles que je lui ai offerte juste avant le drame. Je la serre entre mes doigts et continue de parler, encore et encore. Comme nous le faisions… avant.

Chapitre 25

Lyanne

— Oui, tout à fait, gestion de portefeuille clients, gestion et formation des intervenants, entretiens de recrutement, gestion administrative.

— C'est parfait tout cela, est-ce que vous seriez disponible mercredi 13 septembre, à 11 h ?

— Bien sûr, je le note.

— Très bien je vous envoie toutes les coordonnées par message. À mercredi.

— Merci, à mercredi.

Je viens de décrocher un deuxième entretien. La journée est fructueuse, je me sens pousser des ailes. Les descriptifs correspondent à mes compétences et les entretiens téléphoniques se sont avérés positifs.

Je n'ai pas vraiment besoin de travailler dans l'immédiat, je dispose d'une jolie somme me permettant de voir venir, mais je dois me changer les idées, être active, je ne peux pas rester enfermée à me morfondre, j'ai besoin de me bouger.

* *

*

En fin de soirée, je profite que Raph soit endormi pour parler à Baptiste de mes projets.

— J'ai deux rendez-vous pour des entretiens, dis-je tandis que nous dégustons une infusion sur les transats de la terrasse.

— Super nouvelle ! Mais, et ton projet de café ?

— Ça ne sera pas pour tout de suite, il faut d'abord que je me remette à flot.

— Et que penses-tu des postes proposés ?

— C'est dans mes cordes.

— Parfait ! Je suis sûr que ça marchera.

— J'aimerais aussi te demander un service.

— Dis-moi tout.

— Je voudrais que tu m'aides à visiter des apparts.

— Tu veux déjà partir ? réplique-t-il surpris.

— Oui, ce n'est pas que je ne me plais pas ici, c'est juste que j'ai besoin de repartir du bon pied et de m'assumer. Je ne vais pas rester éternellement chez vous.

— Comme tu veux, je sais qu'on en avait parlé, mais je pensais que ça ne serait pas pour tout de suite.

— Je crois qu'il faut que je me bouge. Ça fait presque sept mois maintenant, il est temps...

— Je comprends.

— Et puis, c'est le moment ou jamais. À ce train-là, je serai encore chez vous à 90 ans.

— Tu me crierais dessus en me courant après avec ta cane.

Je m'esclaffe.

— En tout cas, tu peux compter sur moi, je t'aiderai à visiter.

— Merci !

— Tu vas nous manquer.

— Vous me manquerez aussi, mais je passerai souvent, ne t'en fais pas, je compte bien profiter de mon neveu, il grandit trop vite !

— Oh que oui, je lui ai acheté deux pantalons, il y a deux mois, ils sont déjà trop courts !

— Attends un peu, ça fera des shorts.

Baptiste rigole.

— Je vais faire pareil avec les pulls, on en fera des tee-shirts.

— Et voilà, problème résolu ! réponds-je en m'esclaffant à mon tour.

— Je suis vraiment content que tu te reprennes en main, ajoute Baptiste, en redevenant sérieux.

— Je sais que j'ai mis du temps, mais je sens que je suis sur la bonne voie.

— Je trouve aussi.

Je souris avant d'avaler une gorgée de tisane.

— Et toi ? On parle toujours de moi, mais toi, comment vas-tu ?

— La vérité ?

— Oui.

— Il y a des hauts et des bas. Je me sens seul et perdu sans elle.

Je pose ma main sur son bras.

— Elle était tout, tu comprends. Elle était toujours présente, elle savait quoi faire, quoi dire. Il y a un grand vide maintenant.

— Je suis désolée d'avoir été si minable avec toi, j'aurais dû t'épauler.

— Chacun gère sa souffrance à sa manière, Lyanne. J'avais Raph, sans lui, je n'aurais pas tenu le coup.

— Elle t'a laissé un cadeau extraordinaire.

— Oui, mon fils, c'est ma vie. Je ferais tout pour lui. Il m'a aidé à me relever parce qu'il fallait bien être présent pour lui.

J'acquiesce. C'est ce petit bonhomme qui nous sauve tous les deux.

Chapitre 26

Lyanne

Trois semaines plus tard, les choses ont évolué. J'ai été embauchée par une société jeune et dynamique. Bien sûr, cela repousse mon projet de café littéraire, mais j'ai conscience de mon besoin de m'activer pour ne pas sombrer. Le divorce a été prononcé. C'est étrange, je dois penser à moi dorénavant, et contre toute attente, cela me fait du bien. Je vois de nouveau la vie de manière positive. Je ne bois plus une goutte d'alcool. L'épisode avec Raphaël m'a remise sur les rails. Je refuse de décevoir Charlotte. Quelque chose me dit qu'elle veille sur moi de là-haut, j'en suis convaincue. Et même si je n'ai jamais cru au paradis et autres fantaisies du genre, maintenant que j'ai perdu un proche, je comprends ce besoin d'imaginer un après, une vie après la mort en quelque sorte. Quelque chose qui relie les morts aux vivants, pour supporter la souffrance, pour que ce soit moins difficile.

———————————————

De : Lyanne SEGURA

à : Samuel BOTTERO
Date : 09/10/2017 – 12 h
Objet : Re : Bêta-lecture

Bonjour Samuel,

Merci pour votre dernier message, je ne suis pas très douée pour parler de mes sentiments. Ma sœur est décédée dans un terrible accident de la route. Je conduisais et son fils était assis à l'arrière. Malheureusement, elle n'a pas survécu à ses blessures. Le conducteur de l'autre véhicule a aussi perdu la vie. Il était en tort, mais je me sens coupable, car je n'arrête pas de me dire qu'avec un peu de vigilance, j'aurais pu éviter tout cela, j'aurais pu freiner, me déporter. Je ne sais pas en fait, on se rejoue la scène mille fois, mais le résultat est le même, je ne pourrai rien y changer, elle est morte.

Nous étions très proches, et même si nous n'étions pas toujours d'accord, je pouvais compter sur elle et elle sur moi. J'ai eu de gros moments de faiblesse à la suite de sa disparition, mais aujourd'hui, je vais mieux. Je reprends ma vie en main.

Et vous ? J'imagine que la maladie n'est pas évidente à vivre au quotidien. Comment faites-vous pour garder le sourire ? Je vous trouve courageux, vraiment, je le pense.

Concernant mon prénom, votre question n'est pas idiote, ma grand-mère maternelle s'appelait Elisabeth-Anne, on la surnommait Lily-Anne. Ma mère m'a donc appelée Lyanne, en sa mémoire.

À bientôt,

Lyanne

De : Samuel BOTTERO

à : Lyanne SEGURA

Date : 09/10/2017 – 21 h

Objet : Re : Bêta-lecture

Chère Lyanne,

Merci de vous confier, cela me touche beaucoup, je sais à quel point il est difficile de livrer ses sentiments, mais parfois il est plus facile de parler à quelqu'un qui ne nous connaît pas qu'à un proche. On ne peut pas refaire le passé, c'est vrai. Et d'ailleurs, je pense qu'il ne sert à rien de le ressasser. J'imagine votre douleur, mais croyez-moi, vous ne devez pas vous sentir coupable et vous devez avancer. Vous êtes en vie, c'est un cadeau qu'il faut savourer.

Je ne suis pas courageux, vous savez. Je fais avec. Je suis né ainsi, alors je crois que je m'y suis habitué. C'est ma normalité. C'est comme ça et on ne peut rien y faire. Il faut bien vivre et avancer, sinon la seule solution reste la mort, et ce n'est pas une solution acceptable. D'où l'importance de ce livre, vous comprenez. J'ai besoin de réaliser quelque chose, de laisser une trace sur cette terre. Je n'ai pas d'enfant, je n'ai plus de femme, je ne veux pas m'éteindre et sombrer dans l'oubli. C'est triste de disparaître ainsi, vous ne trouvez pas ?

Je vous joins les nouveaux chapitres. J'espère que vous les

apprécierez.

Bonne fin de journée,

Sam

Samuel est d'une justesse et d'une sensibilité qui me touchent. Je sens que je peux me confier. Je ne sais pas si cela vient de sa maladie ou de son caractère, mais j'ai envie de lui parler, envie de déballer mes sentiments. Pour la première fois depuis longtemps, je veux m'ouvrir à quelqu'un. C'est étrange, car je le connais à peine. Peut-être est-ce de se trouver derrière un écran ? Peut-être est-ce, justement, parce que c'est un inconnu que je ne verrai jamais ? Quoi qu'il en soit, ce Samuel me fait du bien à sa manière et tout événement positif est bon à prendre.

— Qu'as-tu pensé de celui-ci ?

— Je le trouve très bien, lumineux, à deux pas de la mer et refait à neuf.

— C'est vrai, et puis je ne suis pas loin de chez vous.

— Tu devrais le prendre, annonce Baptiste.

— Tu crois ?

— Oui, il est parfait pour toi.

— J'ai un peu peur. Je n'ai plus vécu seule depuis longtemps.

— Tout se passera bien, Lyanne. Rappelle-toi, tu étais indépendante, téméraire, une tête brûlée, ce n'est pas ça qui va t'arrêter.

— J'ai changé, tu sais.

— Oui, tu as gagné en maturité, mais au fond, tu es toujours la même. N'aie pas peur, prends les rênes et fonce.

— D'accord, tu as raison. Il le faut de toute manière.

— Et puis, la maison te sera toujours ouverte.

— Tu es sûr que ça va aller avec Raph ?

— Oui, j'y arriverai, ne t'en fais pas !

— Je n'en doute pas, mais si jamais tu as besoin, je peux rester plus longtemps avec vous.

— Ça ira, Lyanne. Moi aussi, je dois me remettre en selle.

Nous sommes passés à l'agence. Le dossier ayant été accepté, j'ai pu signer les papiers dans la foulée. Je suis l'heureuse locataire d'un appartement, fraîchement retapé. Un nouveau départ qui m'effraie autant qu'il m'enthousiasme.

** Roman de Samuel **

Chapitre 8

Les symptômes

La muco peut se révéler extrêmement contraignante, c'est le cas de le dire. Il est conseillé de faire du sport et d'avoir une bonne hygiène de vie pour tenter d'en atténuer les effets. Les séances de kiné et de physiothérapie aident beaucoup à supporter la gêne occasionnée par la maladie. Malgré tout, les symptômes sont là et parfois, ils peuvent devenir handicapants.

Je dois suivre un régime hypercalorique, riche en vitamines, graisses et sel. Une chance, me direz-vous. Oui et non, car mon corps assimile mal tout cela et donc je risque la dénutrition et la fatigue si je ne fais pas attention.

Bien sûr, j'ai régulièrement des sinusites et des maux de tête. Jusque-là, ce n'est pas encore la catastrophe.

Mes fonctions respiratoires se sont dégradées au fil des ans. Essoufflement, toux persistante, infections pulmonaires, sifflements, voilà une panoplie de problèmes récurrents, car de mon côté, ce sont les poumons qui sont défaillants. Pour certains, c'est plutôt le système digestif, pour moi ce sont mes fonctions respiratoires qui sont altérées.

Je dois avaler des dizaines de médicaments et je dois suivre des soins qui me prennent environ deux heures par jour. Cela peut aller jusqu'à six heures en cas de surinfection.

Je suis aussi hospitalisé entre une à quatre fois par an, selon mon état.

Je vous rassure, je ne passe pas ma vie dans les hôpitaux, mais disons que je connais chaque membre de l'équipe, je les appelle par leur prénom et ils me connaissent aussi. On pourrait dire que je suis un VIP.

Imaginez ce que ça fait de ne pas pouvoir respirer à fond. Avoir l'impression d'avoir un voile devant le nez ou la bouche qui vous empêche d'inspirer et d'expirer. C'est inquiétant et déstabilisant, même si j'ai appris à vivre avec. Mes fonctions respiratoires sont allées en se dégradant petit à petit. Je faisais de la natation, ce qui était bon pour moi, un peu de danse aussi. Je suis un grand fan de salsa et autres danses latines, mais la maladie m'a enlevé tout cela, parce qu'avec le temps, je ne parvenais plus à faire quelques mètres sans être essoufflé. J'avais des difficultés à monter les escaliers, parfois même à me traîner hors de mon lit. C'est la partie cachée de l'iceberg. Celle qu'on ne voit pas. Ces ennuis quotidiens que personne ne soupçonne, car pour le commun des mortels, c'est une chose facile et aisée que de s'extirper de son lit, sauf un lendemain de cuite, je vous l'accorde !

Je n'écris pas cela pour me faire plaindre, ça ne m'avancerait à rien, je veux juste que vous sachiez, que vous sachiez quelle souffrance endure une personne atteinte de muco, qui pourtant va vous accueillir avec le sourire et rigoler à vos blagues parce qu'elle se refusera à vous montrer qu'elle a mal, qu'elle serre les dents et qu'elle mettra des heures à se relever d'une simple sortie anodine. Parce qu'elle aura envie de vivre, tout simplement.

Chapitre 27

Lyanne

Deux semaines plus tard, j'ai terminé mon déménagement. Cela fait une semaine que j'ai officiellement quitté Baptiste et Raphaël, mais il m'a fallu sept jours pour venir à bout des cartons ! Je décide de passer les voir, juste pour m'assurer que tout va bien. Je m'inquiète. J'ai toute confiance en mon ami, c'est un papa formidable, il n'a pas vraiment besoin de moi, mais j'ai peur que ce soit difficile de se retrouver seul pour lui aussi. Et j'avoue qu'ils me manquent déjà.

Lorsque je passe la porte de la maison, je suis surprise par le silence qui y règne. J'avance de quelques pas et les appelle. En vain, personne ne me répond. Tandis que je m'apprête à faire demi-tour, pensant qu'ils sont sortis se promener, j'aperçois Baptiste, assis au bord du lac. Je franchis la baie vitrée et le rejoins à pas hésitants.

Il ne lève pas la tête lorsque j'arrive à sa hauteur. Il est perdu dans ses pensées. Il semble absorbé par ses souvenirs. Je m'installe à côté de lui et regarde rapidement autour de moi pour tenter de trouver Raphaël, mais il n'y a personne.

— C'était sa bague de fiançailles, chuchote enfin Baptiste.

Il tient la bague, qu'il a offerte à Charlotte, entre ses doigts. Il la tourne, l'observe, la tourne encore.

— Que fais-tu ici, tout seul ? demandé-je d'une voix douce.

— J'avais besoin de réfléchir.

— Où est Raph ?

— Chez un copain.

Le silence gagne à nouveau le lieu. Cet endroit si paisible et agréable est entouré d'une atmosphère triste et pesante en cette fin octobre.

— Je la porte autour de mon cou depuis qu'elle nous a quittés. Pour qu'elle soit toujours avec moi, mais ça ne suffit pas.

Je ne sais pas quoi dire.

— J'avais besoin de la sentir contre mon corps, de sentir sa présence, mais ça s'estompe petit à petit et ça me fait peur. J'ai peur qu'elle disparaisse.

— Ça n'arrivera pas, Baptiste. Elle est dans ton cœur, tu peux la voir dans tes souvenirs, et surtout dans les yeux de Raphaël.

— J'ai dû faire du tri dans ses affaires, j'ai enlevé tout ce qui lui appartenait, je dois continuer à m'occuper de Raphaël sans elle, je dois travailler, sourire, faire comme si rien ne s'était passé, mais c'est au-dessus de mes forces.

— Tu te trompes, tu vas y arriver.

— Je croyais que j'y arrivais, je tenais pour Raph, mais depuis notre retour, je trouve ça difficile, de plus en plus difficile. Je serre les dents et parfois, je craque, je pleure comme un gamin.

— Baptiste, tu t'es occupé de tout, de Raph, de moi. Tu as dû nous porter à bout de bras. C'est le contre coup, c'est normal.

Aujourd'hui, c'est toi qui as besoin de nous et on sera présents pour toi.

— Raph est tellement fort, il m'épate.

— Les enfants sont pleins de ressources.

— Je suis lamentable, n'est-ce pas ? demande-t-il en relevant la tête vers moi.

— Pas du tout, tu as le droit de craquer et je suis là pour toi. Je crois que j'ai fait bien pire et pourtant, je remonte la pente, grâce à toi, grâce à vous, alors maintenant, laisse-moi t'aider.

Je saisis sa main. Nous demeurons ainsi quelques instants.

Perdus dans nos souvenirs, unis dans notre souffrance. Je regarde le lac et promets à Charlotte de bien m'occuper de sa famille.

———————————————————

De : Lyanne SEGURA

à : Samuel BOTTERO

Date : 22/10/2017 – 15 h

Objet : Re : Bêta-lecture

Cher Samuel,

J'ai lu vos derniers chapitres et ils sont très touchants. Je pense que ce livre pourra vraiment marquer les esprits. Je l'espère en tout cas. Je m'attelle aux suivants dès que possible.

Beaucoup de choses ont changé pour moi récemment, de ce fait, je manque un peu de temps, mais je ne vous oublie pas.

À bientôt.

Lyanne

———————————————————

De : Samuel BOTTERO

à : Lyanne SEGURA

Date : 22/10/2017 – 22 h

Objet : Re : Bêta-lecture

Bonsoir Lyanne,

Vous savez, j'ai attendu une dizaine d'années avant de me décider à écrire, alors je ne suis pas à quelques semaines ou mois près ! Prenez votre temps et ne vous inquiétez pas des délais, il n'y en a pas.

Si je parais trop insistant, n'hésitez pas à m'envoyer sur les roses. Mais j'ai l'impression que ça ne va pas fort et que vous traversez pas mal de choses. Je sais qu'on ne se connaît pas, mais soyez-en sûre, tout restera entre nous. Si vous avez besoin de parler, je suis à votre écoute.

Bon courage,

Sam

———————————————————

De : Lyanne SEGURA

à : Samuel BOTTERO

Date : 23/10/2017 – 9 h

Objet : Re : Bêta-lecture

Bonjour Sam,

Merci pour votre sollicitude. Effectivement, la période est rude. J'ai trouvé un appartement et un emploi, car je viens de divorcer.

Cela fait déjà beaucoup de changements. Mais je crois que je ne m'en sors pas trop mal.

Le problème c'est surtout d'épauler mon beau-frère. Baptiste doit s'occuper seul de mon neveu depuis le décès de Charlotte. C'est difficile pour lui. Il nous a portés jusqu'à présent, il a pris sur lui, il a été fort pour nous tous, et maintenant c'est lui qui craque, car il réalise qu'elle ne reviendra pas. Il réalise qu'il va devoir continuer sa route sans elle. J'essaie de l'aider comme je peux, mais ce n'est pas toujours évident, parce que la souffrance est une chose que l'on vit, que l'on subit sans parvenir à l'expliquer ou à la dominer lorsqu'elle est trop intense. Il a perdu la femme qu'il aimait, la mère de son fils, je comprends sa douleur.

Vous avez dit que vous n'aviez plus de femme... Vous êtes divorcé ?

Pardon, c'est sûrement très personnel, mais au point où on en est...

À bientôt,

Lyanne.

Je m'étonne de l'aisance avec laquelle je me confie à cet homme, à cet inconnu. Il est tellement plus facile d'ouvrir son cœur en restant caché derrière son écran. Finalement, peu importe ce que je dis ou pense, il sortira de ma vie dans quelque temps et sa présence aura eu le mérite de me permettre de vider mon esprit.

Depuis que j'ai commencé la lecture de ce manuscrit, je me sens mieux. Comme si lire ces quelques lignes m'aidait à relativiser. Bien sûr, j'ai vécu un drame horrible, mais d'autres subissent un calvaire au quotidien, chaque jour de leur vie, les cancers, le SIDA, la muco, l'hépatite, il y a tellement de personnes courageuses qui souffrent chaque jour, sans que l'on ne s'en rende compte. Ma peine paraît moindre à la lumière de ces réflexions.

Je m'installe confortablement dans mon canapé, l'ordinateur posé devant moi, sur la table basse. Je guette la réponse de Sam.

Pour quelle raison ? Je ne le sais pas. J'aime lui parler, j'aime échanger. Je me surprends à attendre ses mails. Cela me permet de m'évader, durant quelques minutes ou quelques heures, de mon quotidien. Il a mis un pied dans ma vie au moment le plus critique, et cela fait déjà deux mois que nous nous envoyons des messages. Je me félicite du chemin parcouru. Il y a quelques mois, j'étais au fond du trou. Aujourd'hui, je regarde l'appartement dans lequel je vis et je trouve que finalement, je m'en sors plutôt bien. Mon existence a été bouleversée, pas de la manière dont je l'aurais souhaité. Je donnerais tout pour que Charlotte soit à mes côtés, mais tous ces changements m'ont permis de reprendre possession de mon présent et de mon avenir.

Au bout de quelques minutes d'attente. Je comprends qu'il ne sert à rien de fixer l'écran. Je me décide à aller me balader sur la plage. J'ai choisi un appartement, tout près de l'océan. Il est hors de question pour moi de me retrouver au milieu de bâtiments. J'ai besoin de sentir l'eau, de surfer, de me promener les pieds dans le sable. Cela fait partie de mon équilibre. J'ai donc emménagé rue de Madrid, elle n'est qu'à deux pas de mes plages favorites pour le surf, la plage Marbella et la plage de la côte des Basques. C'est idéal.

J'enfile un gilet et me rends sur la plage Marbella. Un livre à la main, je m'installe face à l'océan et savoure le calme qui y règne durant quelques minutes. Quelques courageux se baignent, d'autres profitent de l'espace pour jouer aux raquettes. Il n'y a pas beaucoup de monde en cette saison. J'aperçois quelques surfeurs au large et cela me donne envie de renouer avec la planche. Cela fait un moment que je n'ai pas mis un pied dans l'eau, alors je me promets de revenir dans la semaine. Je m'allonge et me plonge dans mon roman. J'ai jeté mon dévolu sur *Demain est un autre jour* de Lori Nelson Spielman. Je finis par m'assoupir, bercée par le bruit des vagues. Je me réveille en sursaut, je me redresse et ouvre les yeux, un ballon trône à mes côtés et un petit garçon accourt dans ma direction. Gêné, il s'excuse tandis qu'un homme, probablement son père, me fait un signe de main pour s'excuser à son tour. Je lui souris pour lui montrer que ce n'est pas grave et regarde ma montre. Je n'avais pas prévu de m'endormir, mais après tout, cela fait du bien de prendre le temps et de savourer ces instants de sérénité. Je me relève, époussette mon pantalon et prends le chemin de l'appartement. Après quelques pas, mon cœur rate un battement en apercevant Vincent avec *elle*, à quelques mètres de moi. J'hésite, cherchant désespérément une échappatoire. Je veux fuir, mais c'est impossible, ils m'ont remarquée. Je n'ai pas d'autre solution que de poursuivre ma route. Je décide de les ignorer en baissant la tête.

— Lyanne ?

Loupé, je dois m'arrêter.

— Vincent...

— Je suis content de te voir, dit-il, j'ai essayé de t'appeler, mais tu ne réponds à aucun de mes messages.

— J'ai été très occupée.

Je ne peux m'empêcher de constater qu'il la tient par la taille. Cette dernière, plus belle que jamais, porte une jolie robe framboise sur des collants gris. Elle a troqué ses hauts talons pour des ballerines. Elle semble mal à l'aise.

— Je voulais savoir si tu allais bien et puis... enfin...

Je remarque son hésitation et suis son regard qui se dirige vers ma remplaçante. Elle écarte légèrement sa veste et laisse entrevoir un ventre bien rond. Elle est enceinte... Et pas qu'un peu...

— Tu plaisantes ? Elle est enceinte ?

— Ce n'était pas prévu, je voulais te l'annoncer moi-même pour que tu ne l'apprennes pas d'une autre personne.

— Qu'est-ce que ça aurait changé ? m'énervé-je.

— Rien, mais... je suis désolé.

— Je me fiche de tes excuses.

Je les dépasse et continue ma route, je marche d'un pas rapide. Lorsque je me trouve assez loin, je me tourne pour voir s'ils m'aperçoivent toujours. Ils ne sont plus là. Je me colle au mur. Ma respiration est haletante. Je me laisse glisser et tombe lourdement sur les fesses. Je croise les bras sur mes genoux et ouvre les vannes. Mon ex-mari et sa maîtresse attendent un enfant. Il continue sa vie, il avance. Sans se soucier du reste. J'ai beau avoir déménagé, trouvé un travail et remonté la pente, je ne me sens pas épanouie. Je sais que cette vie de façade n'est pas encore ce dont j'ai besoin. Je rêve de plus. J'ai envie de plus. Ce n'est pas Vincent qui me manque, c'est l'avenir que nous avions, ce que nous représentions. Aujourd'hui, il a tout, et moi, j'ai l'impression d'être au bord de la route.

Lorsque les larmes cessent, je me relève, essuie mes joues et regagne mon appartement. La journée a été rude. Je n'ai qu'une envie, me faire couler un bain et me glisser sous la couette pour oublier ce que je viens de voir.

** Roman de Samuel **

Chapitre 15

Les hôpitaux

Lorsque vous êtes malade, l'hôpital devient votre seconde maison. Vous connaissez les couloirs, les habitudes, le personnel. On vous appelle par votre prénom et vous bénéficiez de quelques privilèges par moment.

Merci, Sonia, pour les gâteaux au chocolat faits maison !

Tous les trois mois environ, je dois aller faire une visite de contrôle à l'hôpital. Et plus précisément au CRCM, le Centre de Ressources et de Compétences de la Mucoviscidose qui se trouve à Pessac. Il existe quarante-neuf centres de ce genre en France et ils permettent de regrouper tout le personnel compétent au même endroit. Prélèvements sanguins (en grosse quantité !), test pour évaluer la quantité de glucose dans le sang, radio pulmonaire pour vérifier l'état des poumons, échographie pour contrôler mon système digestif, discussion avec les médecins pour faire le point sur l'évolution de la maladie, entretien avec un psychologue ainsi qu'avec une diététicienne, séance de kinésithérapie pour dégager les bronches, mesure du débit respiratoire, voici la panoplie d'examens qui m'attendent à chaque fois. Je ne dirais pas que c'est un plaisir, mais je dois avouer que ça se passe plutôt bien en général. À force, on connaît la routine, c'est une habitude, et même si j'aimerais m'en passer, eh bien, c'est le jeu. Le plus dur c'est lorsque l'on voit son état se dégrader malgré les efforts, malgré les médicaments, malgré le sport, malgré la kiné, malgré tout ce que l'on fait au quotidien pour se battre. Le corps lutte, mais la maladie gagne du terrain. Le but c'est qu'elle ne m'achève pas au bout du chemin.

J'y crois et c'est grâce aux associations que l'on peut continuer à espérer, car avec les dons, la recherche progresse, encore et encore. Notre espérance de vie s'améliore et notre quotidien aussi. Alors, pensez-y. Chaque geste compte.

Chapitre 28

Samuel

De : Samuel BOTTERO
à : Lyanne SEGURA
Date : 23/10/2017 – 11 h
Objet : Re : Bêta-lecture

Bonjour Lyanne,

Je suis si désolé pour le drame qui vous accable. Je suis certain que votre beau-frère parviendra à affronter sa peine et à remonter la pente. Il a la meilleure raison possible : son fils. Un décès n'est jamais évident, mais malheureusement, nous ne pouvons rien y faire. La vie doit reprendre son cours, malgré la tristesse et la douleur. J'ai beaucoup côtoyé la mort et je ne m'y fais toujours pas, mais j'ai appris à vivre avec. Il le faut bien.

J'étais en couple, nous étions mariés, mais elle m'a quitté. J'ai rencontré Florence, lorsque j'avais 25 ans. La maladie n'était pas trop invasive à cette époque, je ne m'en sortais pas trop mal. Notre quotidien n'était pas trop impacté par mes symptômes. Mais avec les années, ce mal s'est amplifié et c'est devenu plus compliqué à gérer. Beaucoup plus de médicaments, de visites à l'hôpital, de problèmes de santé. Florence le supportait difficilement et puis, finalement, lorsque la maladie a pris trop de place dans notre vie, elle est partie.

Je ne lui en veux pas, je comprends. C'est très difficile à vivre au quotidien, je me refusais à représenter un poids pour elle. C'est ainsi, je dois continuer à avancer, même sans elle. Elle voulait fonder une famille et je ne pouvais pas lui donner ce qu'elle attendait de moi.

Enfin bref.

Prenez soin de vous, je suis sûr que l'avenir vous réserve des jours meilleurs.

À bientôt,

Votre ami, Sam.

———————————————————

Je ne suis pas mécontent de mes avancées avec Lyanne. J'ai réussi à l'approcher et à percer sa carapace. Elle reste méfiante, mais peu m'importe. En tant que journaliste, je sais manier les mots, endormir les lecteurs et leur faire croire ce qu'ils veulent. Il n'y a pas de raison que je n'y arrive pas avec elle. C'est un peu différent de mon travail, parce que là, je dois me mouiller, m'ouvrir, parler de moi. Je n'ai pas vraiment le choix si je veux l'approcher suffisamment pour parvenir au but que je me suis fixé. Depuis deux mois que nous discutons, je sens qu'il faut passer la vitesse supérieure. Je travaille beaucoup sur mon manuscrit, car même si ce n'est qu'un prétexte, au fond, j'ai envie de le publier et d'aller au bout de l'aventure, je me prends au jeu de l'apprenti écrivain.

Je me redresse et réfléchis en observant le paysage. Je dois trouver un moyen de faire un pas de plus vers elle.

Je suis interrompu dans mes réflexions par la sonnerie de mon téléphone.

— Salut, Sam, ça va ?

— Oui, et toi, Rémi ? Quoi de neuf ?

— Rien de spécial, je vais partir sur Paris pour une petite mission.

— Ah oui ? Du sérieux ?

— Oh ces soupçons d'infidélité, la routine. Et toi ? Ça avance.

— Pas trop mal, j'ai créé un lien, elle a mordu à l'hameçon. J'étais justement en train de réfléchir à l'étape suivante. Il faut que je me rapproche un peu plus d'elle.

— Tu devrais lui demander son numéro de téléphone.

— Tu crois ? Elle va sûrement fuir.

— Trouve un prétexte. Si elle entend ta voix de lover, elle va tomber sous le charme.

— T'es con ! réponds-je en m'esclaffant. Mais c'est pas bête. Lui parler de vive voix, ça serait peut-être plus simple pour l'amadouer.

— C'est clair. Bon je te laisse, je vais prendre mon avion. On se rappelle.

— OK, amuse-toi bien !

— Toi aussi !

Je raccroche et me remets à regarder les arbres qui s'agitent devant moi comme pour m'inviter à me mouiller, à tout tenter. Je culpabilise, mais la machine est lancée, je dois continuer. Je dois trouver un moyen de lui proposer mon numéro de téléphone.

De : Lyanne SEGURA
à : Samuel BOTTERO
Date : 26/10/2017 – 18 h
Objet : Re : Bêta-lecture

Bonsoir Samuel,

Je suis désolée, j'ai mis quelques jours à vous répondre. Votre ex-compagne... je n'ai pas de mot pour décrire ce qu'elle a fait, comment peut-on quitter quelqu'un en raison de sa maladie ? C'est cruel ! Cela montre bien que certaines personnes n'ont pas de cœur. Je ne sais pas comment vous faites pour le prendre avec autant de sérénité. J'aurais enragé de mon côté. C'est d'ailleurs peut-être pour cette raison que je rumine depuis quelques jours. Je devrais prendre exemple sur vous, votre force m'encourage à me dépasser. Je me trouve plutôt faible ces derniers temps.

Bien sûr, mes problèmes actuels ne sont rien en comparaison des vôtres, mais malgré tout, ils me minent un peu. J'ai croisé mon ex-mari avec sa maîtresse. Et voyez-vous, elle est enceinte... Le coup de grâce, n'est-ce pas ! Cette histoire est terminée, et je viens de tirer un trait sur ce pan de ma vie, mais c'est difficile à encaisser. C'est toujours compliqué de se lancer vers l'inconnu, je pense. Lui avance et moi, j'ai l'impression de stagner.

Je voulais aussi vous prévenir que je serai moins disponible pendant deux semaines, car je pars en formation à Bordeaux. Je crois que faire une pause me fera le plus grand bien. J'emmène les chapitres de votre manuscrit avec moi, ne vous inquiétez pas, ils sont sur ma liseuse.

Lyanne.

———————————————

— Bordeaux ? murmuré-je, c'est un signe, forcément.

C'est l'occasion rêvée. Elle va passer deux semaines dans ma ville. Je ne peux espérer meilleure raison pour la rencontrer. Je m'empresse de lui répondre.

———————————————

De : Samuel BOTTERO

à : Lyanne SEGURA

Date : 26/10/2017 – 20 h

Objet : Re : Bêta-lecture

Lyanne,

Je suis abasourdi par ce que vous me racontez concernant votre ex-mari. Il n'a effectivement pas perdu de temps. Sa trahison doit en être bien plus douloureuse pour vous. Il ne vous méritait pas. Je sais que c'est ce qu'on dit toujours, mais peut-être est-ce vrai ?

Vous avez bien raison, se lancer vers l'inconnu n'est pas une mince affaire. Il faut avoir du courage et savoir tirer un trait sur le passé pour aller de l'avant, et je crois qu'aujourd'hui, le destin est de notre côté... J'habite Bordeaux et j'ai très envie de vous rencontrer.

Je vous laisse mon numéro de téléphone, j'aimerais vraiment avoir la chance de vous parler, ne serait-ce qu'une fois, avec tout ce que vous faites pour moi.

Dans l'attente de vous lire,

Sam.

———————————————

J'ajoute mon numéro en bas du mail. Est-ce que je suis trop direct ? J'hésite. Je ne veux pas gâcher mes chances. Après quelques secondes durant lesquelles mon doigt est en suspens au-dessus de la souris, je décide finalement de l'envoyer. Et comme un enfant qui attend son cadeau, je guette sa réponse. Le cœur battant.

Mais elle ne vient pas.

Et pendant plusieurs jours, je n'ai plus de nouvelle.

Peut-être n'a-t-elle pas lu mon mail ? Peut-être ne veut-elle pas me rencontrer ? C'est pourtant l'occasion rêvée. Bizarrement, je commence à m'attacher à cette jeune femme. Plus que de raison. Je ne dois pas, il ne le faut pas, mais je ne peux pas m'en empêcher. Elle me touche, elle m'émeut, j'ai envie de la rassurer, de l'aider à traverser cette épreuve. Mais je ne dois pas dévier de mon but. Je me suis fixé un objectif et je ne dois pas faiblir, les conséquences peuvent être dramatiques si tout ne se déroule pas comme prévu.

Chapitre 29

Lyanne

J'arrive à mon hôtel en fin de matinée. Il est très bien placé, tout près de la place de la comédie. J'ai quelques heures de libres, car ma formation ne commence que demain. Ce n'est pas une formation intensive, les journées ne sont pas remplies, quelques heures par-ci, par-là, je vais pouvoir apprécier cette ville que je ne connais pas.

En m'allongeant sur le lit, j'observe le plafond blanc durant de longues minutes. Depuis mon départ, une chose me tracasse : je me demande si je dois contacter Samuel. Il est agréable, et je dois avouer que j'aime discuter avec lui, mais entre le virtuel et le réel, il y a un grand pas. Peut-être ne nous entendrons-nous pas ? Peut-être n'aurons-nous aucun sujet de conversation ? D'un autre côté, on pourrait parler de son livre. Nous ne pourrions pas rester muets avec un tel sujet de discussion.

Je me redresse et me mets à la fenêtre pour allumer une cigarette. J'ai du mal à m'en défaire depuis le décès de Charlotte. J'ai toujours été sportive et bien dans ma peau, je prenais soin de moi, de ma santé, mais depuis que ma vie est en vrac, je cumule les mauvais choix, il faudra bien que je me débarrasse de cette vilaine habitude. Bientôt…

Mon téléphone vibre sur la table de chevet, je vois la photo de Baptiste apparaître sur l'écran.

— Tataaaaaaaaa ! crie Raphaël.

— Mon loulou, ça va ?

— Oui, avec papa on est allés à la piscine aujourd'hui.

— Quelle chance ! Tu t'es amusé ?

— Oui, l'eau était chaude et y'avait un toboggan.

— Génial !

— Tu rentres quand ?

— Pas encore, mon loulou, je viens à peine d'arriver.

— Ça va être long !

— Mais non, ça va passer vite et dès que je rentre, je viens te voir.

— C'est promis ?

— Oui, promis et peut-être que si tu es sage, je te ramènerai un cadeau.

— C'est quoi ?

— Tu verras à mon retour.

— Cool ! souffle-t-il. Papa veut te parler. Bisous, tata.

— Bisous, mon loulou.

— Alors cet hôtel ?

— Vraiment bien.

— Tu vas faire quoi cet aprèm ?

— Aucune idée, visiter, me balader, je ne connais pas Bordeaux, c'est l'occasion.

— Tu as raison, profites-en. Tu reviens le onze, c'est ça ?

— Oui, je passerai vous voir à mon retour.

— OK ! Bon je te laisse, le monstre crie famine.

Je raccroche, le cœur serré. Mon neveu me manque déjà. Nous sommes une famille fusionnelle et ça s'est intensifié avec la disparition de Charlotte. Je connais Baptiste depuis tant d'années, depuis toujours en fait. Si nous avions pu imaginer le drame qui allait nous frapper, nous n'aurions pas pu le croire. Je secoue la tête, écrase ma cigarette et jette le mégot dans un verre. J'ai besoin d'un bon bain pour me remettre les idées en place ! La chambre n'est pas très grande, mais elle est coquette et agréable. Des couleurs douces habillent les murs : du blanc, du beige, du gris. Il y a une télé écran plat, un lit moelleux, une petite table avec deux fauteuils et un bureau dans un coin de la pièce. La fenêtre donne sur une grande avenue. Je suis en plein centre-ville, mais cela me convient, le bruit m'empêchera de penser. J'ouvre ma valise pour prendre ma trousse de toilette et me rends dans la salle de bain. Tout y est, du bain moussant, du gel douche, du shampoing, un peignoir et des serviettes. Je fais couler l'eau et vide une grande partie du bain moussant, j'adore avoir beaucoup de mousse. Je relève mes cheveux et les attache avec une pince. Puis je retourne dans la chambre pour récupérer ma liseuse et mon portable. Hors de question de rester sans rien faire, je vais me noyer dans mes pensées et ce n'est pas le but. Lorsque la baignoire est remplie, je me déshabille et glisse un orteil dans l'eau. Température idéale. Je m'immerge et pose ma tête sur le rebord. Quel délice ! Je n'ai plus pris de bain depuis des mois. Je mets de la musique sur mon téléphone pour avoir un petit bruit de fond, et j'allume ma liseuse. Je compte bien avancer dans ma lecture du roman de Samuel.

** Roman de Samuel **

Chapitre 21

Face à la mort

Lorsqu'on est malade, gravement malade, forcément on pense à la mort, et plus que ça, on la côtoie. Dans les premières années de ma vie, bercé par l'insouciance, je ne pensais pas à la mort. Je savais que j'étais malade, j'avais un traitement, ma maladie ne s'aggravait pas tellement, je vivais plutôt bien, alors la mort c'était loin, très loin. À l'âge adulte, mes séjours à l'hôpital se sont multipliés, que ce soit pour mes visites de routine tous les trois mois, pour mes infections ou aggravations, j'ai dû côtoyer milieu hospitalier, médecins, infirmières, psy et autres spécialistes. Personne n'aime vraiment l'hôpital, soyons clairs. En général, ce n'est pas bon signe, ce n'est pas une bonne nouvelle que de s'y rendre. Pour les malades de muco, cela fait partie du quotidien. C'est comme ça, c'est pour nous, pour nous aider à aller mieux, pour aider à supporter la maladie, voire à la combattre. Car même si elle ne se guérit pas, on peut la freiner, on peut grappiller de l'espérance de vie, grâce au traitement, grâce à la kiné, grâce à toutes ces petites choses que l'on fait chaque jour. Parfois, on n'a pas envie, mais tant pis, au bout, ce sont des semaines, des mois ou des années de vie que l'on gagne, ce n'est pas rien. Alors on se reprend en main et on fait ce qu'il faut.

Les muco ne doivent pas se rencontrer. Pourquoi ? Parce qu'on risque de se transmettre des bactéries et les conséquences peuvent être désastreuses. Donc autant que possible, on s'évite. Malgré tout, avec les forums, internet, l'hôpital, on croise forcément un autre malade, voire plusieurs. Et en prenant les précautions nécessaires, on peut très bien y survivre ! Je me suis lié d'amitié avec ces âmes qui vivaient la même chose que moi. Des êtres qui ont tiré le mauvais gène à la naissance et qui, comme moi, luttent chaque jour pour grappiller un peu de vie, pour profiter de leurs proches, pour réaliser des rêves pour aller au bout de leurs projets. Finalement quand on sait qu'on atteindra forcément la ligne d'arrivée avant les autres, longtemps avant les autres, on est encore plus motivé à savourer chaque instant. Aussi insignifiant soit-il. Un beau coucher de soleil, une émission sympathique, un fou rire, une balade un soir d'été, un délicieux tiramisu, tout est propice à l'extase. Car on vit intensément chaque moment. Au cours de ces dernières années, j'ai eu des coups bas, de gros coups bas, j'ai dû être hospitalisé de nombreuses fois. Et à chaque fois, on y pense, on y pense à cette fin. On n'a pas envie, pas encore, alors on se bat, on lutte. On essaie de rester positif, mais on sait que peut-être cette fois-ci, on ne sortira pas debout de cet hôpital. Lorsque ça va mieux et que l'on regagne son chez-soi, on a un regain d'énergie, le besoin de profiter encore plus. Mais parfois, la maladie est plus forte, parfois elle gagne. Parfois, il est trop tard. Beaucoup de mes amis sont partis. Beaucoup trop. Quand on apprend la nouvelle, quand on nous dit que la muco a remporté la bataille, on se sent démuni. Face à cette injustice, on a envie de crier, de hurler, de demander pourquoi ? Pourquoi cette personne ? Pourquoi mon ami ? On n'est jamais préparé à la mort. On le sait, on le voit chaque jour, ça peut arriver, à n'importe qui. En traversant la rue, en conduisant sa voiture, on peut aussi attraper un virus, un cancer ou toute autre chose qu'on ne mérite pas, mais certaines épreuves sont plus difficiles que d'autres.

Je connais des personnes qui croient à la vie après la mort, j'aimerais en faire partie. Mais moi, c'est cette vie que j'aime, cette vie que je veux savourer, cette vie que je veux vivre, pas une autre, pas plus tard, pas ailleurs, c'est maintenant que je veux profiter. Alors chaque jour, je vis à 100 %, je ris, je pleure aussi parfois, j'appelle les gens que j'aime, je fais le métier qui me plaît. J'essaie d'apprendre de nouvelles choses, d'avoir des passions, des hobbies, car il est hors de question que la muco gagne, hors de question que la muco m'empêche de me battre pour glaner ces secondes de vie.

Je l'aime ma vie, aussi imparfaite soit-elle. C'est la mienne, je n'en ai qu'une et je veux qu'elle dure, encore et encore. J'accueillerai la mort lorsque j'aurai tout accompli, lorsque j'aurai le sentiment que ma vie a été remplie et que je peux quitter ce monde en paix et rassasié de magnifiques souvenirs.

* *
*

Je dois éteindre ma liseuse. Les larmes coulent sur mes joues. Ce chapitre me parle, il vibre en moi comme un message d'espoir et de courage. J'ai affronté la mort, j'ai perdu Charlotte et je me dis que cela doit être horrible d'avoir cette épée de Damoclès au-dessus de la tête, cette menace permanente. Vivre avec l'idée que tout peut basculer, avec l'idée que la maladie peut tout anéantir, là tout de suite, qu'elle peut gagner, du jour au lendemain. Quelle terrible épreuve. Et pourtant, il profite, il lutte, il savoure. Bien plus que je ne le fais, alors que je suis en vie, et en bonne santé.

Je comprends l'importance de ce roman, il doit absolument paraître, c'est un message pour tout le monde, un message de courage, d'espoir, un message en faveur de la vie. Je fais partie de cette magnifique aventure, de cette histoire que Samuel doit raconter. Je me sens investie d'une mission, celle de l'aider à faire en sorte que son livre soit publié et parle aux gens. Qu'il soit diffusé au plus grand nombre pour leur faire comprendre à quel point chaque seconde est précieuse.

Sans plus attendre, je m'extirpe de mon bain et me prépare en vitesse. Avant que le courage ne me quitte, je prends mon téléphone et appelle Samuel. J'ai envie de l'épauler dans cette aventure. Qu'est-ce que je risque ? En lisant son roman, j'approche son âme, je touche du bout du doigt l'être exceptionnel qu'il est. La vie m'a fait un cadeau en le mettant sur ma route. C'est un ange gardien. Un être lumineux empli de courage et d'ondes positives. Je le sens. Je ne risque rien avec lui. Je suis galvanisée par ces lignes, alors, je me lance avant de me liquéfier sur place et de changer d'avis.

* *

*

Deux heures plus tard, je suis installée dans un petit café gourmand, près de la place des Grands Hommes. C'est à deux pas de mon hôtel, ce qui me rassure, car je n'ai pas trop envie de crapahuter dans cette ville que je ne connais pas encore. Je suis en avance. L'excitation, l'appréhension, le stress, tout se mêle dans mon esprit. Mes mains sont moites et tremblent. Je les glisse sous la table pour que ça ne se voie pas. Je suis aussi anxieuse que pour un premier rendez-vous.

Calme-toi. C'est juste un auteur que tu aides, pas de quoi s'angoisser.

Samuel

— Lyanne ?

— Oui, murmure-t-elle.

— Je suis vraiment content que tu m'aies appelé.

Je m'installe face à elle. Je tente de paraître décontracté malgré l'enjeu.

— Pardon, je t'ai tutoyée, ça m'est venu naturellement.

— Ce n'est pas grave, ça ne me dérange pas.

— Super, je trouve ça beaucoup plus agréable.

— Comment as-tu su que c'était moi ? demande-t-elle, étonnée.

— Une intuition, tu étais l'unique jeune femme seule à une table. J'aurais eu l'air malin si je m'étais trompé.

Je m'esclaffe, mais je n'en mène pas large. J'ai failli faire une grosse bêtise. J'ai vu sa photo dans le dossier de Rémi. Il faut que je sois plus prudent ou je vais droit dans le mur.

Elle semble se contenter de cette réponse.

— Tu as commandé ? demandé-je.

— Non, pas encore, je t'attendais.

— Je suis désolé, j'espère que tu n'as pas trop attendu, j'étais en réunion, ça s'est éternisé.

— Non, ne t'inquiète pas.

Je fais signe à une serveuse qui prend notre commande rapidement. Quelques minutes plus tard, le chocolat chaud et le café sont servis.

— Alors, ça te plaît Bordeaux ?

— Je n'ai encore rien vu à vrai dire, je suis arrivée ce matin.

— Ah d'accord, je te ferai un peu visiter si tu as le temps et si tu en as envie.

Lyanne est gênée, je suis allé trop vite, encore ! Je me ravise.

— Enfin, je propose ça, pas d'obligation.

Un petit silence s'installe. Elle n'est pas très bavarde et je me débats pour tenter de briser la glace.

Lyanne

Je me maudis d'avoir accepté l'invitation si c'est pour être aussi loquace qu'un poteau. Je ne dois pas lui faire bonne impression. Quelle quiche !

Je bois une gorgée de chocolat. Samuel touille son café en évitant de me regarder dans les yeux. Je le trouve beau. Brun, les cheveux courts, mais bouclés. Des yeux noisette dans lesquels il est facile de se noyer. Il a un charme fou. Étrangement, je me suis mis en tête l'image d'un homme malade et affaibli. Je suis décontenancée par son regard pénétrant et son sourire amical. Je bois à nouveau une gorgée pour me reprendre.

— Je suis désolée d'être si peu bavarde, en temps normal je parle beaucoup plus, mais je suis un peu gênée par la situation.

— Gênée ? Pourquoi ça ?

— Je ne te connais pas, c'est étrange. Je lis des bouts de ta vie via ton roman. Je me suis confiée à toi, c'est déroutant.

— Je comprends, il est vrai qu'on a parlé de choses intimes sans penser qu'on allait se rencontrer, mais tu sais, il n'y a pas de gêne à avoir, c'est un peu comme revoir un vieil ami.

Cette idée me plaît.

— Et puis, on n'est pas obligés de parler de choses personnelles, si ça t'embête, on peut parler de tout et n'importe quoi, ça n'a pas tellement d'importance.

— Tu as raison, je m'angoisse pour rien.

Je bois une nouvelle gorgée et me lance.

— Ce matin, j'ai lu ton chapitre 21.

— Qu'en as-tu pensé ?

— Il m'a beaucoup touchée, il est extrêmement important pour ce roman. C'est un élément clé qui aide à réfléchir sur la vie. Il est inspirant.

— Merci, il n'a pas été évident à écrire, je ne voulais pas tomber dans le larmoyant, mais d'un autre côté, j'avais envie que les gens ressentent cette envie de vivre chaque jour intensément.

— C'est réussi ! Je me disais que tu pourrais ajouter des passages du style, une journée dans ma vie, une journée à l'hôpital ou des moments clés dans ta vie. Tu sais des jours précis où tout a basculé.

— C'est une bonne idée ! Je vais y réfléchir.

Samuel

Nous ne voyons pas le temps passer, et quelques heures plus tard, je dois écourter notre rendez-vous. Je dois repasser au bureau pour boucler un article urgent et ne peux pas me permettre de le reporter.

Finalement, ça s'est bien passé. Nous avons discuté littérature, passions, elle a parlé du surf, moi de mon métier, de mon livre et de tout ce qu'elle voyait pour l'améliorer. J'ai un peu parlé de ma maladie, sans m'étendre. Ce fut une belle rencontre, malgré le mensonge qui guide mes actes...

Tandis que Lyanne remet sa veste, je l'observe et suis touché par la douceur que dégage son visage. Je l'ai vue en photo, mais c'est bien différent. Elle a ce regard à la fois doux et triste. Un voile sombre l'habite, malgré le sourire qu'elle arbore. Ses longs cheveux et son corps svelte et élancé ne me laissent pas indifférent. Je la trouve extrêmement attirante, mais ce n'est pas qu'une question de physique. J'aime discuter avec elle, j'apprécie ses contradictions. Sa fragilité et sa force. Sa douceur et sa froideur. Son sourire et son regard triste. Elle m'intrigue, elle me séduit, sans même s'en rendre compte, juste en étant elle-même, naturelle, authentique.

Je déglutis difficilement et me reconcentre. Hors de question de déraper ou d'imaginer quoi que ce soit. Je ne suis pas là pour ça. Je paye les boissons et nous nous quittons devant le café. Je propose de la raccompagner, mais elle refuse.

Chapitre 30

Baptiste

Je suis heureux. Ou presque.

Il me semble que la douleur est moins intense, que le temps fait son œuvre. Je pense à Charlotte, sans cesse. Elle me manque, évidemment. Je lutte parfois pour ne pas pleurer ou m'effondrer lorsque mon fils réclame sa maman. Mais la souffrance se fait plus abordable, moins virulente. Je parviens à la gérer.

Lyanne va mieux, c'est aussi un bon point. Elle se reprend en main, elle va de l'avant. J'ai eu tellement peur de ne pas savoir comment la rattraper, comment la sortir de sa dépression. Elle ne voulait plus avancer, elle n'y arrivait pas. Heureusement, son amour pour Raphaël l'a aidée à avoir un déclic. Je me sens plus serein face à l'avenir. Je m'inquiète un peu moins, je sais que le bonheur va frapper à nouveau à notre porte. Charlotte aurait souhaité que nous profitions de la vie, des bons moments, de notre famille. Je veux vivre pour elle.

— Bonjour, Marie, comment allez-vous ?

— Bien, Baptiste. Et toi, comment te sens-tu ?

— Mieux, le temps joue son rôle.

— Il le faut bien, confirme ma belle-mère.

— Et Raphaël ?

— Il est courageux. Il m'épate, il traverse tout cela bien mieux que je ne le fais.

— Ce petit a hérité de la force de ma fille.

— Vous avez bien raison, de sa force, de son intelligence, de sa bonté.

Marie acquiesce à l'autre bout du fil. Charlotte lui manque chaque jour, mais elle doit, comme tout le monde, continuer à vivre. Perdre un enfant est une chose horrible, un événement qu'aucun parent ne souhaite endurer, mais la vie n'est pas toujours facile, elle l'a bien compris au fil des années.

— Est-ce que tu as parlé à Lyanne de l'argent ?

— Pas encore, Marie.

— Pourquoi ? J'aimerais tellement qu'elle remonte la pente.

— Je le ferai, je vous le promets, mais je dois attendre. Elle était dévastée, vous savez. Elle ne vous a pas tout dit, mais elle était vraiment au plus bas.

— Comment ça au plus bas ? Qu'avait-elle ?

— Je ne peux pas vous donner de détails.

— Pourquoi ne nous as-tu rien dit ?

— Pour ne pas vous inquiéter. Et Lyanne avait assez honte, elle refusait que je vous en parle.

— Et comment va-t-elle maintenant ?

— Beaucoup mieux, je vous rassure. Nous nous épaulons mutuellement et elle retrouve progressivement le sourire. Cette formation, c'est une grande étape, je crois que ça va aller pour elle.

— Je ne veux pas perdre ma seconde fille, Baptiste, tu nous le dirais s'il y avait un problème ?

— Je vous le promets, elle a repris les choses en main. J'attends son retour et je lui en parle.

— D'accord. Pour le reste, elle ne doit pas savoir.

— Vous êtes sûre ? Elle a le droit d'être au courant, c'était sa sœur, elle comprendrait.

— Elle aimait Charlotte plus que tout, elles étaient très proches, elle ne doit pas connaître la vérité, elle ne s'en remettrait pas.

— Je ne suis pas d'accord avec vous, Marie, mais comme vous voulez. Sachez que si un jour elle m'en parle, je ne nierai pas.

— Je sais bien, mais en attendant, protégeons-la encore un peu.

— Je vous embrasse, à bientôt.

Je raccroche, dépité. Je déteste mentir à Lyanne, je déteste mentir tout court, mais je n'ai pas le choix. Les secrets détruisent les relations, j'en ai conscience, mais comment faire autrement ? Je ne peux pas aller à l'encontre du souhait des parents de Charlotte. Je ne m'en sens pas le droit. Si Lyanne l'apprend, je ne suis pas sûr qu'elle me pardonne ce mensonge. C'est pour la protéger, mais l'excuse est facile, peut-être un peu trop facile pour cacher une certaine forme de lâcheté.

Je repense à l'argent. À son retour, je lui en parlerai. Ce secret-là, je peux le dévoiler. C'est une belle surprise. J'ai hâte. J'ai tant attendu pour tout mettre en œuvre. C'est enfin le moment. Charlotte serait tellement heureuse. On devait le faire ensemble, mais la vie en a décidé autrement. J'ai une pensée pour elle. J'espère qu'elle est fière de moi, malgré mes erreurs, malgré mes mensonges, malgré mes pleurs. Je veux faire au mieux pour elle, pour son souvenir, pour que notre amour ne meure jamais.

Chapitre 31

Lyanne

Le lendemain, je me rends à ma formation, le cœur léger, mais empli d'espoir. Ce n'est pas vraiment mon travail qui m'envoie à Bordeaux. J'ai décroché une formation de gestion d'entreprise et d'auto-entrepreneuriat. Depuis des années, je souhaite ouvrir mon café littéraire. Je sens que le moment est venu pour moi de faire un pas en avant. Cet enseignement me permet de comprendre comment je dois monter mon projet, mon dossier. Ce que je dois préparer, anticiper. En bref, une formation accélérée pour devenir mon propre patron à court terme. Ça rend les choses plus concrètes.

À 11 h, les intervenants font une pause. Je discute avec quelques femmes qui désirent se lancer elles aussi. Sophie rêve d'ouvrir une boutique d'antiquaire. Elle adore voyager et chiner de nouvelles pépites à travers le monde. Isabelle, grande amoureuse des chevaux, a toujours voulu monter son école d'équitation. Quant à Larème, la plus douce des trois, elle a envie de partir s'installer en Écosse avec son mari, et d'y ouvrir une boulangerie.

Tandis que nous discutons à l'extérieur. Amélie nous rejoint. Cette trentenaire énergique n'est pas là en tant que participante, mais en tant qu'intervenante. Elle a suivi la formation deux ans plus tôt et elle vient témoigner. Apporter son expérience aux nouveaux venus. Elle a ouvert un café pour jeunes. Un endroit réservé aux étudiants et aux adolescents. Il y a des livres, un écran avec quelques DVD, un coin internet pour faire des recherches ou discuter en ligne. Un coin jeux, avec un billard, un baby-foot, quelques machines et jeux de société. À l'entrée est installé un petit bar qui propose des cocktails, des jus, des sodas, mais pas d'alcool. Il est ouvert toute la journée, mais jamais le soir. Et ça marche vraiment bien. Les jeunes adorent s'y retrouver. Les tarifs sont attractifs et chacun peut y trouver son compte.

J'allume une cigarette et écoute attentivement Amélie. Elle semble épanouie, sûre d'elle, confiante. Je bois ses paroles, tentant de mémoriser chaque phrase, chaque conseil. Je rêve de monter mon café littéraire et quand je vois Amélie, le rêve est permis. Je veux y croire.

Lorsque mon téléphone vibre dans ma poche, j'attends quelques secondes, trop absorbée par la discussion, mais quand il vibre une seconde fois, je le sors discrètement pour vérifier si ce n'est pas Baptiste. Un sourire étire mes lèvres à la vue du nom de l'expéditeur.

Samuel : *J'ai vraiment passé un très bon moment en ta compagnie. Je te remercie pour tous tes conseils concernant mon roman et pour avoir accepté de me rencontrer. J'espère que ta formation est intéressante. Sam*

Samuel : *En fait, je voulais te proposer une sortie ce soir, ça te tente ?*

— Ouhlà, ça sent le mec derrière ce sourire, s'exclame Sophie.

— Juste un ami, réponds-je en rangeant rapidement mon smartphone.

— À d'autres, quand on voit ton visage s'éclairer comme il vient de le faire, on comprend tout de suite ! ajoute Isabelle.

— Vous vous faites des idées.

Elles me regardent, peu convaincues, mais n'insistent pas. J'ai viré au cramoisi.

Qu'est-ce qu'il me prend ? Je le connais à peine, il n'habite pas la même ville, il est malade et fragile, sa femme l'a quitté. Pfff. Quelle idiote ! Encore un truc compliqué en vue.

Après le déjeuner. L'envie est trop forte.

— Et puis merde ! soufflé-je.

Lyanne : *Avec plaisir. Où et à quelle heure ?*
Samuel : *Je passe te prendre ? 20 h ?*
Lyanne : *Parfait* !

Je lui envoie l'adresse et me félicite d'avoir accepté. J'en mourais d'envie. J'ai passé un bon moment avec lui et il me donne le sourire. Après tout, qu'ai-je à perdre ? Même si ce n'est qu'une semaine ou deux. Tant pis. Je veux croquer la vie moi aussi. Savourer, profiter. Et pourquoi pas avec Samuel ?

À 20 h, il m'envoie un message pour me prévenir qu'il m'attend en bas de l'hôtel. Mon cœur bat la chamade tandis que je me dirige à l'extérieur. J'ai enfilé une jolie robe bleue échancrée, dévoilant mes épaules. Elle est fluide et s'arrête au-dessus des genoux. J'ai agrémenté ma tenue de bottes noires assorties à mon bomber. Mes cheveux sont relevés en queue haute. Je me sens bien dans cette tenue qui me ressemble.

Lorsque je passe la porte, il est appuyé contre son 250 CC. Il me sourit, il semble réellement ravi de me voir, et ça me fait du bien. Je chuchote un timide bonsoir, tandis qu'il dépose une bise sur ma joue. Une seule, comme un doux baiser que l'on glisse dans l'intention de faire frissonner l'autre. Il me semble que notre relation a franchi une étape, sans que je ne comprenne quand et comment…

— J'espère que ça ne t'embête pas, j'ai pris le scooter, car la voiture, en centre-ville, c'est un peu compliqué.

— Non, pas de souci.

— Tiens, dit-il en me tendant un casque.

Je l'enfile et il m'aide à l'attacher. Ses mains frôlent les miennes et nous nous figeons un instant, perdus dans le regard de l'autre.

— Tu es très jolie, me souffle-t-il.

— Merci.

Nous nous installons sur le scooter et prenons la direction du restaurant. J'hésite à passer mes bras autour de sa taille, mais je déteste me tenir avec les poignées arrière. Je finis par les glisser timidement, pour pouvoir profiter de la balade. Il ne réagit pas, ça ne semble pas le déranger.

Le dîner est des plus agréable. Je suis détendue et finalement je me surprends à discuter avec facilité. Je détaille le plaisir que j'éprouve à pratiquer le surf, je parle de Raphaël, de l'accident, de mon divorce. Je ne comprends pas ce que Samuel a de particulier, mais je me sens bien en sa compagnie. Il pose un regard bienveillant sur moi. Il ne me juge pas.

Samuel

Je suis subjugué. J'en oublie ma mission, mon but, ces mois de recherches, il n'y a plus qu'elle et moi, notre discussion, nos échanges. J'ai envie de la prendre dans mes bras, envie de la rassurer, envie de lui dire que tout ira bien. Je parle de mon ex-femme, Florence, de ma maladie, de mon enfance heureuse. Nous discutons durant près de trois heures sans nous arrêter, sans regarder nos montres, sans nous soucier des gens alentour. Nous sommes seuls au monde. L'alchimie est totale.

Le repas terminé, je lui propose une balade. Je veux l'emmener en bord de Garonne pour observer la vue sur la ville. Nous longeons l'eau jusqu'à atteindre le pont de pierre. Il est merveilleusement éclairé. Lyanne semble sous le charme. Elle me dit qu'elle adore la ville de nuit. Elle frissonne lorsque nous nous arrêtons au milieu du pont pour profiter de la vue. Alors, j'ose me placer derrière elle pour la prendre dans mes bras. Sans un mot. Tout en douceur.

Lyanne

Je sens mon cœur battre la chamade. Je ne m'attendais pas à cela, je ne m'attendais pas à ce que tout s'emballe, à ce que cet homme me plaise autant. J'ai l'impression d'avoir 15 ans et de vivre mes premiers émois. Tout n'est que renaissance et découverte avec Samuel. Au bout de quelques minutes, je prends mon courage à deux mains et me tourne pour lui faire face, il ne relâche pas son étreinte, il n'en a pas envie, comme moi. Nous échangeons un regard qui en dit long. Nous nous perdons dans les yeux de l'autre. Puis il passe une main derrière ma nuque et me rapproche pour m'embrasser. Lorsque nos lèvres se touchent, mon cœur manque un battement. Je n'ai pas éprouvé une telle sensation depuis longtemps. Je me sens revivre.

Samuel

J'ai rêvé de l'embrasser dès notre première rencontre. Je suis tombé sous son charme quasiment instantanément. Je ne peux le nier. Notre baiser se fait plus intense et je resserre un peu plus mon étreinte pour que nos deux corps ne forment plus qu'un. Lyanne a glissé ses mains dans ma veste pour agripper mon dos. Je n'ai aucune idée de la durée de notre baiser, mais il me semble qu'il a été à la fois trop long et trop court. Elle me sourit et je n'ai qu'une envie, l'embrasser à nouveau, mais je me retiens pour ne pas l'effrayer ou paraître trop entreprenant. Je glisse ma main dans la sienne et nous reprenons la route. Finalement, nous n'avons plus besoin de parler, juste d'être ensemble, ici et maintenant.

Lyanne

Lorsqu'il m'aide à attacher mon casque, il dépose un baiser fugace sur mon nez. Sur le trajet du retour, je n'hésite pas cette fois-ci, je me colle contre son corps, l'agrippant autant que possible et appuyant ma tête sur son dos. J'ai besoin de sentir Samuel, tout contre moi.

Devant l'hôtel, je lui tends le casque qu'il range rapidement avant de s'asseoir sur son scooter. Il m'attire contre lui afin que je me place entre ses jambes. Il m'entoure de ses bras. Nous n'avons pas envie de nous quitter, pas encore. Je me rapproche et dépose un doux baiser sur ses lèvres, à la fois timide et téméraire. Il me sourit et en réclame un nouveau, qui est cette fois-ci plus intense. Le désir est palpable et inexplicable. Nous avons envie l'un de l'autre, envie de nous toucher, de nous embrasser, de ne faire plus qu'un. Comme une évidence. Comme deux âmes qui se connectent après s'être cherchées depuis si longtemps. Mais aucun de nous ne se sent prêt. Nous sommes blessés, fragiles, chacun à sa manière. Nous avons un passif et il ne faut pas brûler les étapes. Pourtant, le temps nous est compté, car je ne reste que deux semaines à Bordeaux. Lorsque je me plonge dans ses yeux noisette, j'ai l'impression de pouvoir y percevoir son âme. Il dégage une tendresse et une douceur infinies. Je n'ai jamais croisé de regard si profond. Il est vrai, authentique, sincère. Je suis foudroyée par ce qu'il me fait ressentir. Ça me terrifie autant que ça me fait vibrer.

— Je dois y aller, soufflé-je.

— Je sais…

— Je n’en ai pas envie.

— Moi non plus.

— Merci pour cette soirée.

— Merci à toi, c’était une très belle soirée. Je n’avais pas autant savouré un dîner depuis longtemps.

Je ne peux m’empêcher de déposer ma main sur sa joue, dans une tendre caresse. Sans le comprendre, j’ai envie d’être douce et attentionnée avec lui. Il ferme les yeux pour sentir la chaleur de ma main et glisse un baiser au creux de ma paume.

— Bonne nuit, chuchoté-je.

— Bonne nuit.

Je m’éloigne, à contrecœur.

Samuel

Je reste devant l’hôtel jusqu’à ce qu’elle disparaisse de mon champ de vision. J’attends encore quelques secondes, perdu dans mes pensées. Je n’ai pas prévu cela, je n’ai pas prévu cette soirée, je n’ai pas prévu ce coup de cœur. Que puis-je y faire ? Cela complique ma mission, mais je ne peux pas m’éloigner d’elle, c’est impossible !

Chapitre 32

Samuel

Lorsque j'émerge, le lendemain, je suis détendu. J'ai passé une soirée merveilleuse et même si tout ne se déroule pas comme je l'ai prévu, je ne peux que savourer. Je commence ma journée par mes cachets habituels avant de filer sous la douche. J'ai besoin de me remettre les idées en place. Malgré tout ce que je peux éprouver pour Lyanne, je ne dois pas perdre de vue mon objectif, il ne faut pas que je me dégonfle.

Je viens de terminer de m'habiller quand quelqu'un sonne à la porte. Il n'est que 9 h, c'est étonnant. Lorsque j'ouvre, je reste muet. Je ne m'attendais pas à une telle visite.

— Bonjour, Sam, je peux entrer ?

Je m'écarte pour laisser passer Florence. Elle observe la pièce et n'ose pas s'asseoir.

— Tu veux un café ? demandé-je poliment.

— Je veux bien.

Je regagne la cuisine pour préparer les deux tasses, tandis que Florence regarde les photos posées sur la cheminée. Il n'y a plus aucun cliché d'elle, mais cela ne l'étonne pas. Après tout, elle m'a quitté.

— Alors ? Qu'est-ce qui t'amène ?

— Tu as l'air en forme, élude-t-elle.

— Oui, je me sens bien.

Je dépose les tasses sur la table basse et l'invite à s'asseoir. Elle boit une gorgée, elle semble chercher ses mots, comme si elle attendait cet élan de courage qui lui permettrait de dire ce qu'elle a sur le cœur. Je m'installe à côté d'elle.

— Écoute Sam, j'ai fait une erreur.

— Une erreur ?

— J'ai paniqué, j'ai eu peur, c'était trop dur, mais je n'aurais jamais dû te quitter.

— C'est un peu tard.

Elle repose sa tasse.

— Sam, je ne voulais pas te voir mourir, c'était trop difficile.

— Eh bien, tu vois, je ne suis pas mort.

— Je sais, j'aurais dû être présente, t'épauler, te soutenir, je reconnais mon erreur.

— Ton erreur, Flo ? Tu m'as quitté parce que j'étais malade, tu m'as abandonné.

— Sam, pardonne-moi. Ta maladie ne m'a jamais posé problème, tu le sais bien. Je t'ai épousé alors que j'avais conscience de tout cela, mais je n'avais pas prévu que ça allait devenir aussi difficile.

— Moi non plus, mais c'est arrivé et je voulais avoir ma femme auprès de moi.

— J'ai merdé, et bien comme il faut, je te l'accorde. Tu étais malade, mais tu te portais bien, ça se passait bien avec le traitement, la kiné et tout le reste. Je ne m'étais pas préparée à ce que tout bascule si vite.

— Écoute Flo, je comprends, vraiment. La muco, c'est mon fardeau, pas le tien. Tu as pris peur, tu es partie. Soit. Je l'ai accepté. Et je suis touché par tes excuses, mais ça s'arrête là.

— Que veux-tu dire ?

— Je veux dire que je n'ai plus confiance en toi.

— Alors, donne-moi une chance, je t'en prie.

Elle saisit ma main, les yeux larmoyants. Je ne peux pas être insensible, je l'ai aimée, passionnément. Mais comment lui pardonner ?

— Je suis désolé, Flo. Je ne peux pas. Je sais que c'est difficile de supporter la maladie, et je comprends que tu aies eu peur, mais tu es partie quand j'étais au plus mal, quand j'avais le plus besoin de toi.

— Tu ne peux pas tirer un trait sur toutes nos années de bonheur, pour une erreur.

— C'est toi qui as tiré un trait sur notre vie, pas moi.

— Sam...

Je me lève pour lui indiquer que la conversation est terminée. Elle me suit en essuyant ses larmes.

— Prends soin de toi, dis-je en ouvrant la porte.

Elle hésite un instant puis se jette dans mes bras. Je me laisse glisser durant quelques secondes, je la serre presque contre moi. Je sens son odeur, sa tendresse, son cœur qui bat, puis je la repousse.

— P... pardon, Sam, je...

— Tu devrais t'en aller.

Elle baisse les yeux, mortifiée, et quitte l'appartement. Je reste immobile. Je ne m'attendais pas à cela. Mais pour moi, c'est clair, elle a fui le navire lorsqu'il prenait l'eau, c'est trop tard pour tenter de colmater les fuites. Le bateau a coulé et j'ai survécu, seul. J'ai nagé jusqu'à la rive et je m'en suis sorti. Mais, j'ai tiré un trait sur elle, je l'ai laissée dans l'eau, loin de moi, loin de nous.

* *
*

Lyanne

Je me réveille, déboussolée. Je viens de divorcer, je reprends ma vie en main et voilà que je m'amourache d'un inconnu. Je n'ai rien prémédité, je ne comptais pas me lancer à nouveau dans une histoire, courte ou longue, mais je suis là. Je ne peux pas faire autrement que de penser à lui. Je pense à la chaleur de son corps contre le mien, à ses gestes tendres, à ses lèvres, à ses baisers. Je n'ai envie que d'une chose : recommencer.

La formation vient de débuter et j'ai beaucoup de mal à me concentrer. Mon regard vagabonde vers la fenêtre. Mon cœur se met à battre plus fort lorsque je vois un message de Samuel.

Samuel : *Bonjour, Lyanne, j'espère que tu as bien dormi. Merci encore pour cette fabuleuse soirée. Je t'ai envoyé un nouveau chapitre. Il est assez personnel, mais tu dois avoir l'habitude maintenant. Bonne journée.*

Pas de rendez-vous, pas d'allusion à nos baisers. Je m'impatiente et tourne en rond, dans l'attente d'une autre rencontre. Qu'est-ce que je peux être idiote lorsqu'un homme me plaît. Je veux toujours tout, tout de suite.

Lyanne : *Bonjour Samuel. Merci, je me penche sur ce nouveau chapitre dès que possible. À bientôt.*

Dans mon cerveau, ça tourne à cent à l'heure. Que pense-t-il ? Que veut-il ? A-t-il envie de me revoir ? En bref, je me pose mille questions alors que je n'ai passé que quelques heures en sa compagnie.

** Roman de Samuel **

Chapitre 25

Les enfants

J'ai toujours été très proche des enfants. Je les adore et lorsque j'étais jeune, j'ai beaucoup souffert d'être fils unique. Mes parents n'ont jamais souhaité avoir d'autres enfants, même s'ils étaient assurés qu'ils seraient en bonne santé. Ils pensaient que ma maladie allait être compliquée à gérer, ils voulaient pouvoir se consacrer à moi, à 100 %. C'est tout à leur honneur, mais j'ai toujours rêvé d'avoir une grande famille. Je n'avais pas conscience des conséquences de ma maladie. À l'adolescence, je me contentais de ce que m'expliquaient les médecins, mais à l'âge adulte, j'ai eu envie en savoir un peu plus. Alors, j'ai commencé à me renseigner, j'ai fait des recherches sur internet, et j'ai découvert quelque chose qui m'a anéanti. Durant de longues années, je me suis morfondu, car je ne voulais pas y croire. Jusqu'à ce que je demande aux spécialistes. Il me fallait des réponses, il fallait que je fasse le deuil de ce projet.

Ils m'ont confirmé ce que je craignais : les muco hommes sont souvent stériles. Dans 98 % des cas, il faut une assistance médicale pour pouvoir procréer, en raison de l'absence ou d'anomalies dans les canaux qui transportent les spermatozoïdes. J'ai donc dû tirer un trait sur mon désir d'enfant. J'avais la vingtaine et je m'étais mis en tête que je n'aurais pas de descendance.

Et puis, j'ai rencontré Florence. Nous sommes tombés amoureux, nous nous sommes mariés et quelques années plus tard, nous avons parlé bébé. C'était délicat, nous le savions, mais cette fois, j'étais prêt à envisager d'autres options. Florence voulait porter l'enfant, ce qui compliquait la tâche, elle refusait l'adoption. De mon côté, j'émettais des réserves. J'avais peur de mourir. Peur que mon enfant grandisse sans père, peur de ne pas être là pour son diplôme ou son mariage, peur de la laisser seule avec notre bébé. J'étais terrifié à l'idée de mourir trop tôt. Risquer de la laisser, elle, était déjà compliqué. Elle a dû me rassurer pour que j'accepte le mariage. J'ai toujours imaginé que je resterais seul pour ne pas imposer ma maladie à qui que ce soit. Finalement, elle m'a convaincu de sauter le pas. Et maintenant, je devais envisager la possibilité de ne pas voir grandir mon enfant. Après plusieurs mois, j'ai cédé. Mais mon état s'est quelque peu dégradé, nous devions donc attendre que je me stabilise, que la crise passe.

Nous n'avons jamais pu en reparler. Florence m'a quitté peu de temps après. Elle ne supportait plus la maladie, le traitement, les séjours à l'hôpital, les complications pour avoir un bébé.

Quelque part, je la comprends, et je n'ai rien fait pour la retenir. De quel droit aurais-je pu la priver d'un quotidien plus serein, avec un homme en bonne santé ? Je ne pouvais pas gâcher sa vie. J'ai donc tiré un trait sur elle, sur notre mariage et sur notre enfant. C'était mieux comme ça. J'étais libéré du poids de la culpabilité, la culpabilité d'abandonner ma famille. Je ne voulais pas être égoïste. Lorsqu'on est malade, on ne peut pas penser qu'à soi, il faut aussi penser aux autres.

Chapitre 33

Lyanne

Ma formation est vraiment très intéressante. Je ne regrette pas l'investissement. Sophie, Larème et Isabelle sont devenues des amies en quelques heures seulement. Nous avons sympathisé, et même si nous habitons dans des régions différentes, nous souhaitons rester en contact après la formation pour nous entraider dans cette aventure.

Nous sommes sorties hier soir pour dîner au restaurant. Nous avons discuté, rigolé. Chacune a raconté sa vie, ses envies, ses déboires. L'une a perdu son emploi, la seconde vient de vaincre un cancer du sein, la dernière, mère au foyer, en a marre de se sentir inutile et rabaissée maintenant que ses enfants sont grands. J'en ai profité pour ouvrir mon cœur à mon tour. Après tout, chacune a dévoilé son intimité aux autres, pourquoi pas moi ? Nous nous sommes senties proches, en osmose. Moi qui ai toujours eu des amis garçons, je n'ai jamais réussi à créer de liens avec les femmes, en dehors de Charlotte. Je m'étonne de pouvoir y arriver si facilement. Finalement, il arrive que ce que l'on considère comme vrai, n'est qu'une fabrication de notre esprit. Tout n'est pas figé, immuable. Nous ne sommes pas des êtres constants, incapables de changement, bien au contraire. Les dernières expériences m'ont permis de me sentir mieux dans ma peau et dans ma vie, malgré les épreuves. En fin d'après-midi, je décide de me lancer et d'inviter Samuel à mon tour. Pourquoi les hommes devraient-ils toujours faire le premier pas ?

Lyanne : *Salut, Samuel, j'espère que tu vas bien. J'aimerais bien te voir, es-tu disponible ce soir ? Bises*

Samuel : *Je ne peux pas, ce soir, je suis pris.*

Lyanne : *Tant pis, une autre fois...*

Je suis déçue. Est-ce qu'il m'évite ? Je suis sur le point de me dire qu'il vaut mieux abandonner, lorsque mon téléphone vibre à nouveau.

Samuel : *Mais tu peux venir avec moi, je pense que ça va te plaire.*

Lyanne : *Tu es sûr ? Je ne voudrais pas m'imposer.*

Samuel : *Pas de souci, ça me fait plaisir. Je passe te prendre à 18 h 30.*

Lyanne : *Je serai prête.*

Je jubile. J'ai envie de le revoir. Peut-être se fait-il désirer au fond ? Je me rends compte que tous ces questionnements ne signifient qu'une chose : j'ai craqué pour le beau brun. Je ne peux cesser de penser à lui. Tout me ramène à lui. Je sais que la chute sera rude, que je devrai l'oublier de retour à Biarritz, mais pour l'instant, je n'ai qu'une obsession, goûter à nouveau à ses lèvres, me blottir dans ses bras et me plonger dans ses magnifiques yeux noisette.

À 18 h 30, je le rejoins en bas de mon hôtel. J'ai vêtu une jolie robe noire, assez moulante, avec un petit col arrondi et de fines manches qui s'arrêtent aux coudes. De la dentelle agrémente le tissu. Elle sublime mon corps, même si j'ai quelque peu maigri ces derniers mois. Auparavant, j'étais très sportive, plutôt svelte et musclée. Sûre de moi, je me sentais bien dans mon corps, dans ma tête, mais avec la tristesse et l'alcool… j'ai perdu un bout de moi-même dans la bataille. Je ne perds pas espoir de me retrouver, moi, entièrement. Je sais que ça viendra, aujourd'hui, j'y crois !

Des escarpins noirs et un manteau rouge complètent ma tenue.

— Tu es splendide, souffle-t-il en me voyant.

Je n'ai pas le temps de répondre qu'il m'attire déjà à lui pour m'embrasser. Je ne me fais pas prier et lui rends son baiser. J'ai presque envie de lui proposer de monter directement dans ma chambre… mais, je n'ose pas. Ça ne me dérangeait pas, avant Vincent. Je profitais de la vie, je m'amusais, je ne me posais jamais de questions. Mais, il faut croire que les choses ont changé, que j'ai changé. Alors je me mords la lèvre tandis qu'il attrape le casque pour m'aider à l'enfiler.

— Je suis désolé, je n'ai pas été très disponible.

— Ce n'est pas grave, la formation me prend beaucoup de temps aussi.

Je ne mens pas au fond, la formation accapare mon esprit. Je remarque sa tenue très classe, un costard, une chemise blanche, une cravate noire, il est très beau. Je me félicite d'avoir choisi une tenue élégante.

Après une dizaine de minutes de scooter, nous arrivons dans un piano-bar. Je n'ai jamais mis les pieds dans un tel endroit. De petites tables rondes sont éparpillées dans la salle. La scène rectangulaire comporte un piano. Une jeune femme est en train de chanter une jolie chanson que je ne connais pas. On dirait du blues. C'est assez sensuel. L'ambiance est feutrée, la lumière tamisée, on ne distingue même pas le fond de la pièce. C'est intimiste.

Samuel me prend la main et m'emmène vers le bar pour saluer le serveur, ils échangent quelques mots. Il en profite pour me présenter et demander si Patrick est là. Le serveur répond qu'il est dans son bureau. Samuel le remercie et passe commande. Nous nous installons à une table au tout premier rang.

— Tu sembles connaître tout le monde ici.

— Oui, je viens souvent. Depuis des années. Tu vas voir, c'est vraiment un endroit super.

Nous passons notre soirée à discuter, comme la dernière fois, comme si l'on se connaissait depuis toujours. Tout est naturel, facile, agréable. Je ne me pose plus de questions, je veux juste profiter de lui, de ce temps qui nous est donné.

De temps à autre, nous arrêtons de parler pour écouter les artistes qui montent sur scène. Une violoniste, des chanteurs, un saxophoniste. Il y en a pour tous les goûts. Toutes ces personnes ont un talent fou. Je suis subjuguée par ce qui se dégage de cet endroit, de la scène, des artistes.

Tandis que le silence se fait entre deux prestations, je décide d'aborder son dernier chapitre.

— Le chapitre vingt-cinq était très touchant, expliqué-je.

— Merci. Il n'était pas évident à écrire.

— Je me doute, oui. Je suis désolée pour toi.

— Je me suis fait une raison. C'est comme ça. Cette maladie m'aura pris beaucoup de choses, mais je suis toujours en vie, alors...

Je ne peux m'empêcher de poser ma main sur la sienne. Je suis émue par ses failles, sa fragilité, sa force. Son être tout entier m'attire. Je ne peux imaginer ce qu'est la vie d'une personne qui doit se battre chaque jour pour vivre une journée, une semaine ou un mois de plus, sans savoir si ça sera possible.

Samuel me sourit, il s'approche pour m'embrasser. Pas un baiser passionné, non, il est tendre, doux. Comme pour dire « merci de m'écouter, de me lire, d'être là ».

Lorsque l'artiste suivant a terminé sa chanson, l'humeur est à la joie. Nous nous racontons des anecdotes d'enfant, des bêtises que nous avons pu commettre, des souvenirs qui nous font rire encore aujourd'hui. Puis, Samuel s'excuse et boit une gorgée avant de se lever.

— Où vas-tu ?

— Voilà ce que je devais faire, ce soir...

Il se rend sur scène et s'installe au piano. Je reste bouche bée, ne comprenant pas ce qu'il se passe. Samuel me lance un regard tendre et se reconcentre sur son instrument.

— Est-ce qu'il joue souvent ? demandé-je au serveur qui est en train de déposer un nouveau verre sur notre table.

— Il vient deux ou trois fois par mois. Il est doué, hein ?

Je lui souris, mais je ne l'écoute déjà plus, je suis fascinée. Samuel interprète deux morceaux : *Requiem for a dream*[3] de Clint Mansell et *Once upon a december*[4] du film Anastasia. Je ne peux détacher mon regard de cet être surprenant. Il est absorbé par sa prestation, comme transporté ailleurs, embarqué par la mélodie. Il n'est plus dans ce piano-bar, il ne fait plus qu'un avec son piano. Il est évident qu'il adore ça. J'ai toujours été fascinée par l'implication des musiciens, par ce qu'ils dégagent en jouant. Ils semblent habités. Comme possédés par les vibrations des instruments, possédés par la musique. Ce doit être une expérience exceptionnelle que de se sentir à ce point en communion avec quelque chose.

Un peu comme moi avec le surf, finalement. Dans l'eau, je ne suis plus moi, je suis juste une surfeuse. Je glisse sur les vagues, je m'évade, je suis transportée.

Avant de commencer le troisième morceau, la violoniste qui a déjà joué, monte sur scène pour le rejoindre. Elle est rousse et fine. Elle a noué ses cheveux et porte une longue robe noire. Elle respire la mélancolie. C'est assez étrange. Elle pose le violon sur son épaule et en un regard, ils se lancent. *Numb* de Linkin park, puis *All of me* de John Legend. En plus d'être fascinée, j'en ai des frissons. Je vibre au rythme des notes de musique, je me sens transcendée. La salle est silencieuse. Même les serveurs se font discrets. Tous ont les yeux rivés vers le duo. Nous sommes tous unis dans ce moment d'intense émotion. Lorsque la dernière note se fait entendre, il subsiste un petit instant intemporel, déconnecté de la réalité. Tout est

---

3– 4-5-6 À découvrir dans une playlist spécialement créée pour ce livre sur ma chaîne YouTube.

suspendu, le temps, les respirations, les cœurs. Puis, tout le monde se lève pour applaudir. Je fais de même, les larmes aux yeux. Je suis émue. Samuel et la jeune femme saluent puis il lui glisse quelques mots avant de me rejoindre.

— Tu as aimé ? me demande-t-il.

— Tu plaisantes ? C'était fabuleux, je n'ai pas de mot.

— C'était ce que je devais faire ce soir, je ne pouvais pas annuler.

— Je comprends, et je te remercie de m'avoir emmenée, c'était tellement merveilleux.

— Merci, répond-il, gêné.

— Tu joues depuis longtemps ?

— Depuis l'enfance, j'ai appris très tôt. Quand on a la muco et qu'on pense que les années sont comptées, on a tendance à vivre à cent à l'heure, à vouloir tout tenter, réaliser tous ses rêves avant que le temps ne manque. Le piano, c'était une passion et ça l'est toujours.

Nous discutons encore quelques heures, jusqu'à ce que le lieu se vide.

— On devrait peut-être y aller, non ?

— Ne t'inquiète pas, je connais le patron, c'est un très bon ami de mon père. Tu viens ? dit-il en me tendant sa main.

Je la saisis et il me guide jusqu'à la scène. Il s'installe au piano. Je reste debout à côté de lui tandis qu'il joue les premières notes de *River flows in you* de Yiruma. Alors qu'il glisse ses doigts sur les touches, je m'assois près de lui. J'observe ses mains qui s'adaptent au rythme de la mélodie, tantôt lente, tantôt rapide. Je demeure silencieuse, bercée par la douceur de cette chanson. Il n'y a plus que nous, la salle est plongée dans la pénombre. Seule la petite lumière tamisée de la scène nous éclaire. Le serveur et les cuisiniers s'activent dans l'arrière-salle pour finir le rangement. Mais sur scène, nous sommes seuls au monde. Lorsqu'il a terminé, il glisse sa main sur ma joue, puis derrière ma tête pour m'attirer à lui. Nous nous embrassons avec bien plus d'excitation que les fois précédentes. Il y a quelque chose de particulier ce soir. Quelque chose d'inexplicable. Je grimpe sur lui et le désir s'intensifie. Nous sommes l'un contre l'autre. Nos langues et nos souffles se mêlent jusqu'à ne plus pouvoir respirer. Samuel montre des signes d'impatience, il a envie de plus, je le sens. Il dégage mes cheveux pour m'embrasser dans le cou. Je fonds, j'adore ça. Puis il descend sur mon épaule, puis à la naissance de mes seins. Je commence à déboutonner sa chemise, emportée par l'excitation, mais il attrape ma main pour m'arrêter. Légèrement haletant.

— On devrait y aller, souffle-t-il.

— D'accord.

La tension est montée d'un cran. Le désir est palpable. Nous avons envie de nous unir, c'est certain, mais lorsque Samuel me dépose en bas de mon hôtel, il se contente d'un baiser.

— Tu veux monter ? tenté-je.

— Pas ce soir.

— Pas ce soir, pourquoi ?

Il semble hésiter.

— On n'a pas à précipiter quoi que ce soit, tu sais.

— Je ne précipite rien, je veux juste profiter de nous, là maintenant.

— Je ne préfère pas.

Il m'embrasse fugacement, enfile son casque et démarre. Je le regarde s'éloigner, stupéfaite, vexée, déboussolée. Je ne comprends plus rien. Il a envie de moi, c'est certain. Nous nous entendons bien.

Nous sommes tous deux célibataires, majeurs, adultes, et pourtant, il freine toute avance. Il souffle le chaud et le froid. Un coup torride, un coup glacial. Qu'est-ce qui lui arrive ? Je regagne ma chambre et prends une douche froide pour calmer mes ardeurs.

Une fois de plus, je me couche frustrée et décontenancée. Je ne comprendrai jamais rien aux hommes !

Chapitre 34

Samuel

— Café ?

— Oui, merci.

Rémi s'installe sur une chaise et dépose son téléphone sur la table.

— Alors, comment ça va ?

— Bien, écoute.

— Pas de souci de santé ?

— Non, c'est une bonne période. Le traitement fait son effet, je me sens bien.

— Tant mieux.

— Oui, j'ai l'impression de revivre. Ça me fait du bien de profiter sans trop me soucier du lendemain.

— Je comprends.

Je dépose les tasses sur la table et m'installe face à mon ami.

— Et toi, le boulot ? Ça marche bien ?

— Ça n'a jamais aussi bien marché, figure-toi. C'est incroyable le nombre de personnes qui font appel à moi. Si ça ne me permettait pas de gagner ma vie, je serais choqué.

Je m'esclaffe.

— Tu vas embaucher ?

— J'y pense oui, j'ai de plus en plus de demandes et une seconde paire de mains ne serait pas de trop.

— Eh oui, tu te fais vieux !

— Et Lyanne, comment ça se passe ?

— La cata.

— C'est-à-dire ?

— Il y a des complications imprévues et je ne sais pas comment m'en dépêtrer.

— Explique, je ne comprends rien.

Je bois une gorgée de café et expire longuement avant d'ouvrir à nouveau la bouche.

— Je suis amoureux.

— Merde !

— Comme tu dis.

— C'était pas prévu ça.

— Pas du tout même, ça complique tout.

— Amoureux, amoureux ou juste... disons... excité ?

— Amoureux mec, complètement accro. Je pense à elle sans cesse, j'aime la voir sourire, j'aime discuter avec elle pendant des heures, j'aime la toucher, l'embrasser. J'ai envie d'être avec elle tout le temps. Je dois me faire violence pour ne pas l'appeler ou la voir tous les jours.

— À ce point...

— Oui, à ce point. Ça m'est tombé dessus, je ne m'y attendais pas, c'était pas dans mes projets.

— C'est sûr qu'elle risque de ne pas apprécier.

— Elle va penser que je n'étais pas sincère, que je me suis moqué d'elle.

— Tu devrais peut-être tout lui dire avant qu'il ne soit trop tard.

— Elle n'est pas prête, elle ne comprendrait pas.

— Tu crois ? Tu peux tout perdre et vraiment la blesser.

— Je sais, je m'en veux, j'aurais dû garder mes distances, j'ai mal géré le truc. Je ne pensais pas tomber amoureux.

— Je me doute.

— Si je lui dis maintenant, elle va se braquer. C'est encore trop frais dans son esprit, elle n'est pas guérie du décès de sa sœur.

— Fais comme tu le sens, mais sois prudent.

— J'essaie.

— Tu sais ce qu'elle ressent pour toi ?

— Honnêtement, je n'en sais rien, mais je vois la petite étincelle dans son regard, son sourire quand elle est avec moi. Je crois qu'elle est dans le même état que moi. Elle ne doit pas comprendre pourquoi je la repousse. Je suis perdu. Je me dis que je dois m'éloigner et en même temps j'en suis incapable.

— Je ne t'envie pas, c'est bien trop complexe tout ça, tu t'es encore fourré dans un truc...

— C'est clair. Et tu veux connaître la meilleure ?

— Dis-moi.

— Flo est passée me voir.

— Non ? Et ?

— Elle m'a demandé de la reprendre.

— C'est pas vrai ! Je suis sur le cul !

— Et moi donc !

— Tu lui as dit quoi ?

— Je lui ai dit non, évidemment.

— À cause de Lyanne ?

— Pas seulement. C'est sûr que Lyanne y est pour beaucoup, mais surtout, je ne peux pas lui pardonner. Elle m'a quitté quand j'étais au plus bas et elle revient au moment où je vais mieux, c'est trop facile.

— C'est clair.

Nous sommes interrompus par le téléphone de Rémi. Le travail se rappelle à lui. Il me salue et reprend le chemin de sa voiture.

Je m'écroule sur le canapé, perdu dans mes pensées. Je meurs d'envie d'appeler Lyanne. Je veux la revoir.

* *

*

Lyanne

Samuel : *Je te kidnappe ce soir ?*

Lyanne : *Ah oui ? Pour aller où ?*

Samuel : *J'ai ma petite idée. Tu aimes danser ?*

Lyanne : *J'adore.*

Samuel : *Alors tenue sexy, talons et je passe te prendre à 20 h 30.*

Lyanne : *Ouh rien que ça ! C'est pour la danse ou pour toi ?*

Samuel : *Disons que tu feras d'une pierre deux coups...*

Je me réjouis de cette nouvelle soirée qui s'annonce. Nous avons échangé quelques SMS, hier, mais encore une fois, Sam a joué le chaud et le froid. Difficile pour moi de le comprendre. Peut-être est-il bloqué à cause de son ex, c'est plausible. Elle l'a quitté de la pire des manières. Je décide de mettre le paquet, il faut que je parvienne à le séduire. Je veux qu'il accepte de faire un pas de plus, alors ce soir, je dois être *caliente*. Je cherche des tenues dans le placard de ma chambre. Heureusement, ce week-end, j'en ai profité pour faire les magasins avec mes nouvelles amies. Nous avons visité la ville, dîné au restaurant, fait du shopping et surtout nous avons refait le monde en dégustant des pâtisseries en terrasse. Deux jours fabuleux qui ne m'ont pas permis de mettre de côté Samuel, mais qui ont eu le mérite de me donner le sourire.

J'enfile un petit top rouge, armé d'un décolleté plongeant. Ma jupe noire est courte et fendue au niveau de ma cuisse droite. Je mets des escarpins noirs, assez confortables pour pouvoir danser. Je veux faire monter la température, alors j'ajoute des touches de parfum aux endroits stratégiques, poignets, cou, décolleté. J'ajuste mon maquillage en donnant à mes lèvres une couleur rouge sang. Lorsque je me regarde dans le miroir, je me sens brûlante. Cela fait longtemps que je ne me suis pas sentie sexy. J'aime renvoyer cette image de femme sûre d'elle. Je me retrouve enfin, je retrouve la Lyanne du passé, celle qui était libre, forte, conquérante. Celle qui n'avait pas vécu un mariage foireux, l'infidélité et le décès de sa sœur. Celle qui était encore vivante et vibrante.

Lorsque nous arrivons à destination, main dans la main, je suis émerveillée. Les citadins se sont donné rendez-vous sur une place de la ville. La musique résonne dans toute la rue. Des lumières éclairent les danseurs qui se déhanchent avec fougue.

— Une fois par semaine, ce bar occupe cet endroit et anime une soirée danses latines, à ciel ouvert. J'y viens de temps en temps.

— C'est splendide !

— Tu as déjà dansé la salsa ?

— Un peu.

— Ils passent aussi du tango, de la bachata, parfois ils font même une soirée zumba.

— C'est génial.

Nous nous installons d'abord à l'intérieur pour boire un cocktail de jus de fruits. Je veux me mettre dans l'ambiance. Des habituées viennent saluer Samuel qui refuse leurs invitations à danser. Il a du succès, mais ce soir, il est avec moi. Je ressens une certaine fierté et je bombe la poitrine face à toutes ces femmes sublimes qui le courtisent.

Samuel

Ce soir, je me réserve entièrement à ma douce. Je ne peux m'empêcher de remarquer sa jupe qui remonte sur sa cuisse tandis qu'elle est assise. Je la trouve diablement sexy. Son décolleté plongeant ne me laisse pas indifférent, même si je fais de mon mieux pour ne pas paraître trop troublé. Nous discutons durant une vingtaine de minutes, le temps qu'elle se détende. Je vois bien qu'elle se sent anxieuse face à tous ces habitués. Finalement, je l'invite à danser.

— J'ai un peu peur d'être maladroite.

— Je te guiderai, lui soufflé-je pour la rassurer.

Lyanne

Il me tend la main et m'entraîne sur la piste. Samuel est rassurant, il mène la danse sans me bousculer. La température commence déjà à monter entre nous. Les jeux de regard, ses mains qui se perdent tantôt sur mes hanches tantôt dans mon dos.

La salsa laisse la place à la bachata et l'ambiance devient torride. Collés l'un contre l'autre, alternant les mouvements de bassin, la cuisse glissée entre ses jambes, nous ne pouvons être plus proches. Les yeux dans les yeux, notre corps à corps se fait langoureux et suave. C'est sensuel.

Je sens mes joues virer au rouge, mais je m'en moque. Je ne veux pas que ça s'arrête. Je suis enivrée par la musique, par la chaleur, par l'atmosphère torride. Nos corps sont en sueur, mais qu'importe, nous sommes ensemble. J'en oublie les gens autour, les regards. Je ne suis qu'avec *lui*. Entre deux morceaux, Samuel en profite pour m'embrasser. Avec tant de désir, que j'aurais pu le déshabiller sur place. Nous dansons encore une bonne demi-heure avant d'aller boire un verre à nouveau. Il nous faut reprendre nos esprits. Assis côte à côte, nous discutons sans nous soucier du reste. Nous sommes dans notre bulle. Nos jambes se frôlent. Nos regards ne se détachent plus de l'autre.

Au cours de notre discussion, j'apprends que Samuel habite à deux pas. Je lui lance des perches pour qu'il m'invite chez lui, mais il n'en fait rien. Nous empruntons une rue piétonne pour nous remettre de notre soirée. Toujours main dans la main, nous savourons ces instants. Je n'ai plus été aussi heureuse depuis longtemps. Nous sommes silencieux, mais nous apprécions ce calme. Chacun perdu dans ses pensées. Au détour d'une ruelle, il me plaque contre un mur avec passion. Il attrape l'une de mes mains et la remonte au-dessus de ma tête, puis m'embrasse avec fougue. Son corps est collé contre le mien. J'ai l'impression que tout mon être va s'enflammer. Je lève une cuisse vers sa hanche. Il la saisit. Ma jupe fendue lui permet de faire remonter sa main un peu plus loin. J'émets des gémissements. Je ne peux pas m'en empêcher, il me rend folle. Je veux plus, là maintenant, s'il le faut. Il glisse sa bouche dans mon cou, puis au creux de mes seins. Je me laisse posséder, je rêve de sentir son corps nu contre le mien. Je n'ai plus ressenti autant de désir depuis des mois.

— J'ai envie de toi, lui soufflé-je à l'oreille.

— Moi aussi, mais…

Il s'arrête et expire dans mon cou, déboussolé.

Samuel

Je suis enivré par son parfum, par son corps que je souhaite découvrir. Je ne veux pas la laisser partir, mais je suis tiraillé par ce que je lui cache.

Je me détache et plonge mon regard dans le sien.

— Je vais te raccompagner, finis-je par dire.

— Sam, je ne comprends pas…

— C'est trop tôt, Lyanne. Je… j'ai besoin d'un peu de temps.

— Tu n'as pas envie de moi ?

— Bien sûr que si, je t'assure, tu me rends fou. Mais…

— C'est à cause de ton ex ?

— Non, pas totalement, c'est que...

— D'accord, me coupe-t-elle. Ce n'est pas grave, ce ne sera pas pour ce soir.

Elle me sourit maladroitement et dépose sa main sur ma joue. Elle ne semble pas m'en vouloir. Il y a tellement de tendresse dans ses yeux. Je pourrais passer ma vie à la regarder. Elle doit croire que le fait que mon ex m'ait quitté me bloque, mais je ne peux décemment pas lui dire que ça n'a rien à voir. J'ai peur de la blesser. Je suis allé trop loin, je ne m'en suis pas tenu à ce que j'avais prévu. J'ai dérapé et maintenant je le paie. Elle ne mérite pas que je lui fasse du mal, et pourtant, je sais que c'est exactement ce qu'il va se passer, car elle ne me pardonnera jamais.

Lorsque je la dépose en bas de son hôtel, je sens bien qu'elle attend plus, une explication, un geste de ma part. Mais, je ne le peux pas. Je me contente de l'embrasser tendrement. Je veux qu'elle sache que je tiens à elle. Que je ne joue pas. Qu'elle compte pour moi.

Elle reste immobile quelques secondes, le temps de me sonder, puis finit par tourner les talons pour regagner sa chambre.

Chapitre 35

Samuel

— Alors votre croisière ?

— Splendide. On s'est amusés comme des fous. On a retrouvé nos vingt ans.

— Je suis content pour vous.

— Et toi, Sam, comment vas-tu ?

— Ça va bien, maman, le traitement est efficace, je me sens bien.

— Je suis si heureuse. On peut tous souffler maintenant. Tu as bien fait de nous obliger à partir en vacances, ça nous a fait un bien fou.

— Vous aviez le droit de profiter un peu, vous aussi. Vous avez passé trente-deux ans à veiller sur moi, il est temps de penser à vous.

— Tu es notre fils, Sam. C'est normal que nous te protégions.

— Je vais bien, alors amusez-vous, vous le méritez.

— Et Lyanne ? Où en es-tu ?

— C'est compliqué.

— Raconte-moi.

— Je suis tombé amoureux, maman.

— Aïe…

— Comme tu dis.

— Ce n'est pas un drame après tout… C'est la vie.

— Je lui mens, je n'arrive plus à me regarder dans une glace, j'ai l'impression de la trahir.

— Il est peut-être temps de lui avouer la vérité, non ?

— Je ne sais pas, c'était plus facile dans mon esprit. Mon projet était clair et organisé. Là je me suis perdu en cours de route.

— On ne maîtrise pas toujours ses sentiments, Sam. Ton cœur a parlé. Laisse-le un peu faire le travail au lieu de tout rationaliser. Laisse-toi guider.

— J'ai peur de lui faire du mal.

— Plus tu attendras et plus la chute sera rude, mon fils. Si tu es vraiment amoureux, tu lui dois la vérité.

— Tu as raison, maman. Mais j'ai peur de la perdre à présent.

— Je comprends, mais si elle a des sentiments pour toi, elle reviendra.

— Tu crois ?

— Oui, vu ce que tu m'as dit d'elle, je pense que c'est quelqu'un de bien. Alors fais-lui confiance pour prendre la bonne décision. Et si elle ne revient pas, c'est que ce n'est pas la bonne.

— Merci, maman.

— De rien, allez je te laisse, ton père râle avec les valises.

— Je passerai vous voir dans quelques jours.

— D'accord.

Je raccroche, rassuré. Ma mère a raison, je dois avancer et lui dévoiler la vérité. Je ne veux pas y aller de front, je dois utiliser les mots pour faire passer la pilule. Je ne souhaite pas la blesser, mais au point où j'en suis, je ne peux plus faire marche arrière.

* *

*

Lyanne

— Alors comment se passe ta formation ? demande Baptiste.

— Vraiment bien, c'est passionnant !

— J'en suis ravi. Tu ne regrettes pas ?

— Non, j'apprends beaucoup de choses et j'ai sympathisé avec trois femmes adorables.

— Génial, je suis tellement content de te voir reprendre du poil de la bête.

— Il était temps. Et vous, comment ça va ?

— Bien, écoute. Tu manques beaucoup à Raph, je ne te le cache pas. Il te réclame.

— Il me manque aussi. Tu t'en sors ?

— Oui, je commence à bien prendre mes marques. Ce n'est pas tous les jours facile. Tu reviens quand du coup ?

— Ma formation se termine ce soir. Je ne sais pas encore quel jour je reviens exactement.

— Ah ? Je pensais que tu rentrerais demain.

— J'hésite à rester un peu pour profiter, je te dirai ce qu'il en est, ne t'en fais pas.

— Très bien, amuse-toi, c'est l'essentiel. Ah, attends, Raph veut te parler.

— Tataaaaa !

— Oui, mon loulou. Comment vas-tu ?

— Bien, mais tu me manques, tu reviens quand ?

— Bientôt mon loulou, avant la fin de la semaine.

— C'est vrai ?? J'ai hâte.

— Tu es sage avec papa ?

— Oui.

— Tu l'écoutes bien, hein ?

— Oui.

— Promis ?

— Promis.

— Bon, je suis fière de toi. On se voit vite, mon loulou.

— Bisous, tata.

— Bisous, mon Raph.

Je raccroche, à la fois revigorée et vidée.

Je rejoins mes amies pour déjeuner, puis nous nous rendons au centre de formation. C'est la fin et je suis ravie de tout ce que j'ai pu apprendre. Je me sens prête pour lancer mon projet de café littéraire. Il me faudra trouver des fonds et m'armer de courage et de patience, mais l'envie est bien présente. Et grâce à cette formation, je vais avancer, c'est un grand pas. Cette montagne qui me paraissait infranchissable devient une petite colline accessible. Un rêve à portée de main. Je suis sereine vis-à-vis de ce projet.

« Je ne vous dis pas que votre aventure sera facile. Nous sommes ici pour vous donner des clés, pour vous aider, vous aiguiller dans ce rêve qui est le vôtre. Mais la route est longue et vous croiserez de nombreux obstacles. Peut-être que vous échouerez et il faut vous y préparer. »

Je suis confortablement installée dans la salle de conférence du centre de formation. Une working-girl est en train de parler de sa propre expérience.

« Cela ne veut pas dire que vous devez partir négatif, en vous convaincant que vous échouerez, bien sûr que non. Mais un échec ne déterminera pas qui vous êtes. Il faut dissocier votre projet de vous-même. Vous allez traverser une phase de déception, voire de découragement. Vous allez vous flageller, nous sommes très forts pour cela. Vous allez peut-être même vouloir abandonner. Pour peu que quelqu'un vous dise "je t'avais prévenu". Mais oubliez tout cela. L'échec, le vrai : c'est l'abandon et en aucun cas un projet qui n'a pas fonctionné. Il ne faut pas baisser les bras, jamais ! C'est pareil pour tout dans la vie ! Céder à l'échec c'est entrer dans une spirale négative qui détruit toute votre confiance en vous. Vous devez absolument considérer l'échec comme une tentative infructueuse et vous en servir pour rebondir. Vous devez analyser ce qui n'a pas marché et travailler encore plus. Il ne faut pas vous juger, vous rabaisser. Ça n'a pas marché ? Eh bien, tant pis. Ça arrive. Vous n'êtes pas infaillible. Peut-être que toutes les conditions n'étaient pas totalement réunies, peut-être avez-vous manqué de chance, peut-être avez-vous loupé un élément important. Peu importe. Pas d'autosanction, ne soyez pas dur avec vous-même. Félicitez-vous pour cette tentative. Soyez fier de cette étape, de ce premier pas. »[5]

---

[5] Je vous conseille vivement les conférences (sur le site TED.com) ainsi que le livre « Comme par magie » d'Elizabeth Gilbert dont sont tirés ces conseils. Cette auteure est une source d'inspiration.

Je n'en perds pas une miette. Cette femme met une telle détermination dans ses propos qu'il est impossible de décrocher mes yeux du pupitre. Elle est passionnante, inspirante. Elle semble sûre d'elle.

« Vous devez faire preuve de résilience et de persévérance. C'est comme pour tout, ça ne vous tombera jamais tout cuit dans la bouche. La résilience c'est cette capacité à vivre et réussir malgré l'adversité. La persévérance c'est le fait de persister malgré les difficultés. C'est cela qui fera la différence et qui vous permettra d'aller au bout de votre projet. »

L'intervenante parle alors de sa propre expérience, de ses échecs, de sa première société qui n'a pas fonctionné. Aujourd'hui, elle a quarante personnes sous ses ordres et elle ouvre des filiales un peu partout en France. Une success-story comme on en rêve tous. Je suis galvanisée par ce discours. La formation est de qualité et les intervenants et intervenantes, tous plus intéressants les uns que les autres. C'est la dernière « leçon ». Mais le centre se propose d'accompagner les stagiaires pour les aider à réaliser leurs démarches. Ils ont aussi des formations ponctuelles sur des thèmes très précis : confiance en soi, comptabilité, marketing, gestion du personnel. En bref, une panoplie de conseils avisés que je ne manquerai pas de suivre. Je suis déterminée à réussir.

De retour à l'hôtel, je regarde les horaires pour rentrer chez moi. Je ne sais pas si je dois partir dès le lendemain ou si je dois attendre dimanche. Mes réflexions sont interrompues par la vibration de mon portable. J'ai reçu un mail.

Un nouveau chapitre de Samuel.

** Roman de Samuel **

Chapitre 27

Les complications

Quand vous supportez la muco depuis toujours, vous ne pensez pas aux jours néfastes. Ceux au cours desquels vous serez au plus bas à cause d'une infection ou d'une complication. Vous espérez y couper, vous vivez chaque journée le plus normalement possible, vous souriez, vous rêvez, vous faites votre kiné, vous prenez votre traitement pour grappiller des années de vie. Mais parfois, la maladie vous rattrape. Brutalement, sournoisement, pour vous rappeler que sur cette terre, vous n'êtes rien. La nature reprend toujours ses droits. Quoi qu'il arrive, la muco gagne toujours au bout du chemin.

En décembre de l'année dernière, mon état s'est dégradé. D'abord doucement. Ma capacité respiratoire a diminué, j'étais fatigué, je toussais beaucoup plus. En bref, c'était une mauvaise passe comme j'en avais déjà traversé auparavant. Fin janvier, j'ai été hospitalisé d'urgence. Les médecins étaient inquiets. Ce qui est bien quand vous les connaissez aussi bien que je les connais, c'est qu'ils sont parfaitement honnêtes. Lorsque vous frôlez la mort, ils vous avertissent pour que vous puissiez vous préparer, au cas où. Il ne me restait que 13 % de souffle. J'avais besoin d'oxygène. Je tournais au mieux à une quarantaine de médicaments par jour, souvent plus. J'étais pâle et mal en point. Mes parents étaient à mon chevet. Inquiets. Je le lisais sur leurs visages. On avait combattu cette saloperie toute ma vie durant. Ils avaient été présents. Ils m'avaient tout donné pour que je vive. J'avais réalisé mon rêve de devenir journaliste, j'avais appris le piano, la danse. Je parlais quatre langues couramment. J'avais eu des amis, une femme. J'avais vécu une belle vie, je ne pouvais pas m'en plaindre. Mais à 31 ans, la muco se rappelait à moi. Pour la première fois, j'avais peur. Vraiment peur. Je ne voulais pas mourir. Tout le monde y allait de son mot gentil. Les infirmières, les médecins, mes parents, mes amis. Chacun tentait de me rassurer et m'invitait à me battre. Je ne comptais pas abandonner, mais comment surmonter cette maladie incurable ? Comment survivre face à ce mal qui me rongeait ? L'espoir était toujours présent.

Je n'avais plus que ça.

L'espoir.

* *

*

Dans son mail, juste quelques lignes.

J'ai envie de te voir, je ne veux pas que tu partes sur ce malentendu.

Chez moi ? Ce soir ?

J'ai réfléchi durant une bonne demi-heure. À la fenêtre de ma chambre d'hôtel, cigarette à la bouche, j'ai tenté de démêler mes émotions. J'en ai marre d'être menée en bateau. Marre qu'il m'attire à lui pour mieux me repousser. Mais puis-je faire autrement ? Puis-je quitter Bordeaux sans le revoir ? Puis-je me passer de lui ?

Je suis tombée amoureuse de ses mots, de son être, de son cœur. Je vibre lorsqu'il pose les yeux sur moi, je frissonne lorsqu'il me touche. Je n'ai jamais ressenti ce genre de choses.

Lyanne : *OK.*

* *

*

Samuel

Je suis prêt. J'ai beaucoup réfléchi et je ne peux pas continuer plus longtemps. Je dois lui dire la vérité. Je redoute sa réaction, je redoute le cataclysme qui va chambouler mon appartement. Mais comment faire autrement ? Je l'aime, je ne peux plus lui cacher la vérité. Je ne suis même pas sûr qu'elle me pardonnera. Elle va se sentir trahie et manipulée, mais pouvais-je faire différemment ? Probablement… Maintenant, le mal est fait, il faut aller au bout de cette histoire.

Lorsque je sors de la douche, je m'observe un long moment dans la glace. Mon corps a changé. Je suis moins maigre, mais je garde les séquelles de ma maladie, à vie. Parfois, je me regarde pendant plusieurs secondes, juste pour me rappeler que je suis bien en vie, que je suis chanceux et que j'ai frôlé la mort.

Je me prépare au mieux, les mains moites et le cœur battant la chamade. Chemise blanche, jean, j'ai opté pour une tenue décontractée. J'enfile des baskets blanches et vérifie mes cheveux dans le miroir. Ils ont tendance à n'en faire qu'à leur tête et à partir dans tous les sens. Normal avec des cheveux bouclés ! Je m'installe dans le fauteuil du salon et patiente. J'ai l'estomac noué, je ne peux rien faire d'autre. Mon esprit est embrouillé. Je meurs d'envie de la revoir. J'ai besoin de la toucher, de la sentir tout près de moi, mais je sais que c'est la dernière fois...

Lyanne

C'est le grand soir, il va enfin briser ses chaînes, surmonter ses craintes, avancer dans la bonne direction. J'ai rêvé cet instant depuis les premiers jours, depuis ce premier baiser qui a chamboulé tout mon être. Et même s'il m'a fait tourner en bourrique, je m'en moque, je tiens trop à lui pour lui en vouloir.

Samuel

Je ne veux pas tout déballer de but en blanc, il faut d'abord la mettre à l'aise, profiter de ces instants avec elle, ils risquent de ne jamais se reproduire. J'allume un feu de cheminée et lance de la musique classique. Chopin, Debussy, Beethoven adoucissent l'ambiance avec des airs au piano.

Lyanne me raconte tout ce qu'elle a appris lors de sa formation. Je suis ravi de la voir si heureuse, si épanouie. Elle a changé en deux semaines, un vrai retournement de situation. Bien sûr, elle allait déjà mieux en arrivant à Bordeaux, elle a fait du chemin depuis le décès de Charlotte, mais cette formation a vraiment eu un impact positif sur sa vie.

— J'ai lu ton chapitre.

— Et ?

— Difficile, il était assez angoissant et triste. Mais il n'est pas terminé, si ?

— Pas totalement, en fait, je l'ai coupé volontairement. La suite arrive dans un prochain chapitre.

— J'ai du mal à imaginer que tu aies été si malade, au plus bas, tu as l'air tellement en forme.

Je lui prends la main et l'emmène jusqu'à la cuisine. Elle découvre des boîtes de cachets, des aérosols, des sprays comme ceux pour les asthmatiques, des masques aussi pour se protéger des microbes. En bref, une panoplie bien garnie.

— La maladie n'est pas visible, mais elle est bien là, tu sais, latente, sournoise, elle surgit lorsque je me sens bien. Elle se rappelle à moi quand je pense que j'ai fait un pas en avant, pour me tirer deux pas en arrière. On n'en guérit pas, quoi qu'il arrive, je ne vivrai pas jusqu'à 90 ans.

— Peut-être que moi non plus. On ne sait jamais.

— C'est vrai...

— C'est tellement injuste.

Elle caresse ma joue. Cela fait maintenant deux heures qu'elle est chez moi, mais je n'ai toujours pas lancé le sujet qui me préoccupe. Je redoute, je recule, je cherche une échappatoire. J'ai peur de lui faire du mal. Peur de la perdre. Je ne trouve pas les mots, les bons mots.

Elle s'approche délicatement tandis que je suis adossé au placard de la cuisine et vient trouver mes lèvres. Je passe une main derrière sa nuque et l'autre dans son dos pour la serrer contre moi. Je veux la sentir contre mon corps, même si c'est la dernière fois. Mon cœur rate un battement lorsqu'elle fait glisser sa langue dans mon cou. Je l'embrasse avec plus d'entrain et d'urgence, j'ai envie de la déshabiller dans la cuisine, quitte à lui faire l'amour sur le carrelage. Je l'attrape pour la plaquer contre le placard. Fou de désir, je laisse mes lèvres parcourir sa peau. J'ai du mal à me contenir. Je dois pourtant lui parler, mais en cet instant, j'en suis incapable. Mon corps prend le dessus. Je déboutonne le haut de son chemisier, je ne sais plus comment m'arrêter. C'est impossible, je la désire du plus profond de mon être, de mon âme.

— Attends, me souffle-t-elle en posant un doigt sur ma bouche. Où est la salle de bain ?

— Au fond du couloir à droite, dis-je presque haletant.

Tandis qu'elle se dégage pour rejoindre le couloir, je pose mes mains sur le plan de travail. Bras tendus, je regarde le sol. Perdu entre mon désir et ma conscience. Je ne peux décemment pas coucher avec elle avant de lui avoir dit la vérité. J'ai failli aller trop loin. Mais, je suis fou amoureux, j'ai envie de partager plus avec elle. Envie de partager son intimité, envie de la sentir tout contre moi, de caresser sa peau, de découvrir chaque zone de son corps nu. J'attrape un verre et me sers de l'eau froide. Je dois me remettre les idées en place et garder mes distances.

Lyanne

Je me rafraîchis rapidement. Je le sens encore un peu réticent, je vois bien qu'il lutte malgré son envie. Mais je suis prête à le faire céder. Je sors discrètement de la salle de bain pour chercher la chambre. J'ai dans l'idée de lui servir mon corps nu sur un plateau. Après tout, il ne pourra pas résister si je le tente davantage qu'avec mes habits sur le dos. En restant dans le salon, je me risque à une fin de non-recevoir et il est hors de question que je reparte bredouille. Il en a envie autant que moi. Je veux que notre relation évolue, je veux plus. J'ouvre la porte de la chambre et y pénètre discrètement. Je me dirige vers le lit en déboutonnant mon chemisier lorsque j'aperçois une pile de documents éparpillés sur un bureau. J'essaie de les ignorer pour continuer à me déshabiller, mais la curiosité est trop grande, il y a beaucoup de clichés. Je m'approche et vois mon nom.

Intriguée, je saisis quelques feuilles. Il y a des informations sur moi, sur Baptiste, sur Charlotte. Des horaires, des adresses, des indications sur nos habitudes. Anxieuse et terrifiée, je fouille dans la pile de documents. Des photos, plein de photos se présentent à moi. Baptiste, Raphaël devant l'école, moi devant la maison, moi en train de surfer. Je suis perdue. Qu'est-ce que ce dossier fait là ? Pourquoi s'est-il renseigné sur moi ? Sur ma famille ? Est-ce un psychopathe ? Un fou dangereux ? Dans quoi me suis-je embarquée avec cet inconnu ?

Peut-être savait-il tout de moi depuis le début ? Peut-être qu'il n'est pas venu à moi par hasard ? Je découvre des informations sur Charlotte, son métier, la date de son décès, des indications sur l'accident. Je suis décontenancée, abasourdie, terrifiée.

— Lyanne ?

Samuel entre dans la pièce et ne peut retenir sa stupeur.

Je le dévisage, le visage inondé par les larmes. Je brandis les photos.

— Je vais t'expliquer, dit-il, paniqué. J'allais t'en parler, je te...

— Tu te fous de moi ? Tu nous espionnais ? C'est quoi ce dossier ? Tu es un fou, un psychopathe, un tordu ?

— Mais non, Lyanne, écoute-moi. Viens, je...

Il s'est approché pour me prendre le bras.

— Ne me touche pas ! hurlé-je. Qui que tu sois, dégage de ma vie !

Je passe à côté de lui, comme une furie. Tentant maladroitement de reboutonner mon chemisier qui n'est pas coopératif.

Il me suit dans le couloir, en essayant de me retenir.

— Lyanne, je t'en prie. Tu te fais des idées, je t'ai fait venir pour t'expliquer.

— Mais bien sûr ! Avant ou après m'avoir mise dans ton lit ?

— Non, je... je me suis laissé emporter, mais... je t'assure, je voulais... enfin...

— C'est bien ce que je pensais ! Ne t'approche plus de ma famille, jamais ! crié-je.

— Lyanne...

J'attrape mon sac et quitte l'appartement à toute allure. Perdue, blessée, trahie. Avec cette sensation d'avoir été manipulée et prise pour une conne. Qu'importe la raison de ses recherches. Que ce soit pour un article, pour son roman ou parce qu'il est taré. Je ne veux plus en entendre parler. Je vais retourner à Biarritz et l'effacer de ma mémoire, de ma vie, de mon cœur.

Samuel

J'attrape un verre et le balance contre le mur. Il se brise et retombe sur le sol.

Le bruit du verre qui éclate vient percer le silence. La musique s'est arrêtée depuis un moment. Il ne reste que des remords et un arrière-goût amer de culpabilité. Je me laisse glisser le long du mur et pleure, le visage coincé entre mes genoux. J'ai mal géré la situation, je me suis brûlé les ailes à trop me rapprocher d'elle. Je n'ai pas suivi mon plan. J'ai merdé, et aujourd'hui, je l'ai probablement perdue en plus de l'avoir blessée.

Je demeure assis pendant de longues minutes. Anéanti.

Puis, dans un dernier espoir, je me précipite sur mon ordinateur pour écrire la suite de mon chapitre.

Chapitre 36

Lyanne

— Tata !

— Mon loulou !

Raphaël se jette dans mes bras. Je le sers fort et hume son odeur. Elle m'est familière, rassurante.

— Tu m'as manqué, mon loulou.

— Toi aussi. Tu pars plus ?

— Non, promis.

Je le dépose sur le sol et il se met à courir en direction de la maison. Baptiste, qui attend sur le côté, vient à son tour me prendre dans ses bras.

— C'est bon de te revoir.

— Ça fait du bien d'être de retour.

— Allez viens, on t'attendait pour manger.

Suite à mon altercation avec Samuel, je suis retournée à l'hôtel pour faire ma valise. Le lendemain matin, j'ai quitté ma chambre pour rentrer au plus vite à Biarritz. Je voulais oublier cette histoire, effacer cet homme de ma mémoire. J'ai été naïve. Je suis tombée sous le charme du premier venu. Brisée par le décès de ma sœur et mon divorce, je me suis jetée dans cette relation les yeux fermés sans me méfier un instant.

Comment a-t-il pu se moquer de moi durant tout ce temps ? Est-il à ce point manipulateur ? Est-ce qu'une seule chose était vraie dans tout ce qu'il a raconté ? J'en doute. Peut-être n'est-il même pas malade au fond...

Après le repas, Raphaël joue dans le jardin tandis que Baptiste est installé à mes côtés sur les transats de la terrasse.

— Ton anniversaire est dans quelques jours, mais j'aimerais te donner ton cadeau en avance, je pense que c'est le bon moment.

— Un cadeau ? Tu n'étais pas obligé.

— En fait, ça vient de Charlotte. Mais disons que j'y ai contribué.

Je suis perturbée. Un cadeau de ma sœur ? Comment est-ce possible ?

Baptiste revient quelques secondes plus tard, une enveloppe à la main.

— Elle a tout mis en place, il y a longtemps. J'ai juste eu à finaliser.

Je demeure immobile un moment. Scrutant l'enveloppe, comme si elle allait s'ouvrir d'elle-même. J'ai peur de m'effondrer, peur de ce que je vais y trouver.

Baptiste reste silencieux. Conscient de ce que je peux éprouver.

Je finis par l'ouvrir, et découvre un chèque signé de la main de Baptiste et une lettre. La somme est importante.

Ma sœurette,

Si tu lis cette lettre, c'est qu'on y est. Tu as sauté le pas.

Sache que j'écris ces lignes alors que tu n'as que 26 ans. Je ne sais pas quand tu la liras, mais je sais qu'un jour viendra où ce sera le cas.

Tu as beau être têtue et parfois même tête brûlée pour certaines choses, mais en ce qui concerne tes choix de vie, tu manques cruellement de confiance en toi.

Pourtant, tu as un rêve, un très beau rêve. Celui d'ouvrir ton café littéraire. Tu viens de rencontrer Vincent et il compte reprendre la société de son père. Et je crois que jamais tu ne le laisseras tomber. Je te connais, tu es entière, tu vas foncer tête baissée et l'épauler jusqu'à ce que la branche cède. Jusqu'à ce que tu comprennes que tu dois penser à toi.

Je sais que tu mettras le temps, car tu es comme ça. Tu as un grand cœur et tu feras tout pour qu'il réalise son rêve au détriment du tien. Mais je sais aussi une chose, tu y reviendras. Un jour, tu penseras à ce café et tu sauteras le pas. Je te connais et je crois en toi, du plus profond de mon âme. Tu vas ouvrir les yeux et foncer. Quand tu as décidé de faire quelque chose, tu y vas toujours en y mettant tout ton cœur, ton âme, tes tripes. Je suis donc certaine d'une chose, il y aura un jour un café littéraire à Biarritz qui sera géré par une jeune femme exceptionnelle dont je suis très fière.

Alors, avec Baptiste, nous nous sommes mis d'accord. Nous allons économiser pour pouvoir t'aider. Le chèque que tu tiens entre tes mains et la preuve que nous croyons en toi, de toutes nos forces, nous te soutenons. Papa et maman y ont glissé aussi un peu de leurs économies, car ils donneraient tout pour leurs filles, j'espère que tu le sais.

Je t'aime, ma Lyanne. De toute mon âme, depuis ta naissance et jusqu'à mon dernier souffle. Peut-être même au-delà...

Fonce ma belle, crois en toi, sois fière de l'être que tu es. Tu brilleras un jour, je te le promets. Tu es une belle personne qui mérite le bonheur.

Charlotte.

Je tremble, j'ai du mal à tenir la feuille entre mes mains. Les sanglots ont gagné mon corps, je lutte pour ne pas tremper la lettre. Je la plie et la remets dans l'enveloppe.

Après plusieurs minutes de silence. Je me jette dans les bras de Baptiste. Bouleversée au plus profond de mon être par les mots de ma sœur. Ma Charlotte qui me manque chaque seconde. Mon cœur est serré aujourd'hui, mais il est aussi habité par un amour inconditionnel, celui de ma sœur. Je me sens fière d'avoir cette famille, heureuse d'avoir eu cette chance exceptionnelle.

— Elle croyait en toi, Lyanne. Elle savait qu'un jour tu te lancerais et tu prendrais conscience que tu dois penser à toi. Alors elle a patienté. Chaque année, nous mettions de côté et tes parents ont ajouté un petit bout, autant qu'ils le pouvaient. Malheureusement, elle est décédée avant de pouvoir te l'offrir, elle attendait le bon moment, elle attendait que tu te lances. Elle ne voulait pas te forcer. Il fallait que tu sois prête.

— Elle me connaissait bien, chuchoté-je.

— Oh que oui, crois-moi. Elle te connaissait par cœur. Elle serait fière de voir que tu remontes la pente et qu'aujourd'hui tu crées ton café.

— Elle me manque tellement.

— À moi aussi. Tous les jours.

— Merci, Baptiste. Merci d'être mon ami. Merci de m'aider. Merci pour tout cet argent. Je vais pouvoir me lancer. Je suis si heureuse.

Baptiste sourit et relâche son étreinte. J'essuie mes joues et regagne mon transat.

— Pourquoi tu pleures, tata ?

— Parce que je suis heureuse, mon loulou.

— Mais quand on pleure, c'est parce qu'on est triste !

— Pas toujours. Parfois on pleure de joie. Ton papa et ta maman m'ont fait un cadeau magnifique pour mon anniversaire, alors je suis heureuse.

— C'est quoi ?

— Ils m'aident à réaliser un grand rêve !

— Ouah ! Et comment elle fait maman ? Elle est au ciel.

— Elle avait tout prévu, mon loulou. Bien avant de nous quitter.

— Elle était trop forte, maman.

— C'est bien vrai, c'était la meilleure !

Je prends Raphaël sur mes genoux. Et nous restons tous trois silencieux un moment. Perdu dans nos pensées, nos souvenirs. Malgré ma douleur, un large sourire étire mes lèvres. Je suis heureuse et en paix.

* *

*

Je décide d'aller surfer. L'océan m'a manqué durant ma formation. Je ne rêvais que d'une chose, me lever à l'aube pour profiter des premières vagues de la matinée. Pour bénéficier du silence, juste avant que la ville ne s'éveille, pour ne faire plus qu'un avec ma planche.

Ce matin, mon cœur est mitigé. Heureux, grâce à Charlotte et Baptiste. Soulagé de pouvoir enfin toucher du doigt cette envie de créer le café littéraire de mes rêves. Mais anéanti par les mensonges de Samuel. Blessé par ses secrets, par son attitude, par sa trahison. Je suis amoureuse et ça fait mal, très mal. Je lui ai ouvert mon cœur, mes souvenirs, mon âme. J'ai partagé qui j'étais, mes doutes, mes peines, mes joies. Et finalement, ce n'est qu'un menteur. Je me demande pendant une fraction de seconde s'il comptait écrire un article sur moi ou sur ma famille. Peut-être menait-il une enquête ? Peut-être que j'étais au centre de quelque chose sans le savoir ? Je secoue la tête pour remettre mes idées en place. Hors de question de penser à lui. C'est le passé. Et si j'ai appris une chose ces dernières semaines, c'est qu'il faut savoir tourner la page sur le passé pour profiter du présent et bâtir son avenir. C'est une nouvelle Lyanne qui a vu le jour. Une renaissance, un besoin de se redécouvrir. D'aller au plus profond de soi pour trouver les moyens de s'épanouir pleinement. Je surfe durant une bonne heure avant d'aller travailler.

J'aurais pu laisser tomber cet emploi, mais il me permet de sortir de chez moi, de voir du monde, de mettre de l'argent de côté. C'est bénéfique, je ne souhaite en aucun cas replonger dans ma déprime. Et puis, il faut avouer qu'ils sont tolérants et sympathiques. Ils ont tout de suite accepté que je fasse ma formation, malgré le fait que je ne travaille chez eux que depuis peu. Ce poste m'aide à conserver un certain équilibre dans cette nouvelle vie.

Dans l'après-midi, je reçois un mail de Samuel. J'hésite à l'effacer, je suis d'ailleurs à deux doigts de cliquer, mais mon envie de savoir ce qu'il a écrit est plus forte. J'ouvre le courriel.

Contre toute attente, il est vide. Je suis sur le point de quitter la page lorsque j'aperçois une pièce jointe : un chapitre de son roman.

** Roman de Samuel **

Chapitre 28

Sur le fil

Après trois semaines d'hospitalisation, les médecins ont évoqué l'idée de me plonger dans le coma, pour tenter de me maintenir en vie, pour épargner mes poumons et tout mon corps face à la muco. J'ai été inscrit sur la liste d'attente pour une greffe bipulmonaire. Je n'avais plus le choix. Mes poumons étaient en bout de course, ils avaient tenu 31 ans, ils ne pourraient pas tenir plus longtemps. Le temps m'était compté. J'étais prioritaire au vu de mon état. Il ne me restait plus qu'à prier. Mes parents étaient à mon chevet, jour et nuit. Ils ne me laissaient plus de peur que je quitte ce monde, seul.

J'y croyais, j'y croyais de tout mon être. Et pourtant, obtenir des poumons est assez compliqué. Je me disais que j'étais égoïste. Si on me greffait, cela signifiait qu'un autre être humain était décédé pour me permettre de survivre. C'était honteux. Je culpabilisais. Bien sûr, je n'allais pas tuer quelqu'un. Le destin, la malchance, la vie allaient peut-être s'en charger. J'espérais vivre, mais je me refusais à espérer que quelqu'un meure. Mais cela équivalait à la même chose !

J'étais au bout, sous oxygène, sous intraveineuse. Je n'avais plus qu'à attendre et lutter. Chaque matin, lorsque le soleil se levait, c'était une nouvelle victoire. Un jour de plus. Et même s'il se déroulait à l'hôpital, c'était mieux que de mourir. C'était inconcevable, j'avais encore tant de choses à vivre. Florence est venue me rendre visite. Juste une fois. Elle ne supportait pas. Elle pleurait, elle s'excusait. Elle n'est pas restée longtemps. Je comprenais sa peine, même si nous étions séparés.

Je voyais la mine des médecins lorsqu'ils entraient dans ma chambre. Ils tentaient de garder un sourire convaincant, mais ils étaient beaucoup moins doués que les infirmières. Leurs visages graves m'indiquaient que les jours m'étaient comptés, peut-être mêmes les heures. C'était la fin et je m'y préparais au mieux. J'ai dit à mes parents que je les aimais. Je les ai remerciés pour leur amour, pour cette belle vie qu'ils m'avaient offerte malgré ma maladie. J'ai pu dire au revoir à quelques amis. Je me repassais le film de ma vie, je me félicitais pour ce parcours presque « normal ». Avec le recul, je trouve que j'étais serein. Pas résigné, non. Mais je l'acceptais, c'était ainsi. On m'avait donné une espérance de vie de 15 ans, j'en avais vécu 31, c'était un beau score. Un beau combat.

Durant les trois derniers jours, j'ai beaucoup dormi. J'étais à bout. Je ne parlais presque plus, je ne m'en sentais plus le courage. Mes forces me quittaient alors je tentais de les économiser. Mes pauvres parents étaient épuisés, cernés, le visage défait. Ils y croyaient encore. Ils questionnaient les médecins plusieurs fois par jour, dans l'espoir d'une bonne nouvelle. Ils se refusaient à perdre leur fils unique et je m'en voulais de leur infliger cette souffrance.

Et puis, une nuit. L'équipe a débarqué dans ma chambre. Ils avaient trouvé des poumons. Je ne voulais pas y croire. Il me fallait tenir encore quelques heures. Juste quelques heures. En écoutant les conversations des soignants, j'avais entendu qu'une jeune femme avait perdu la vie dans un accident de voiture. Elle s'était battue durant quelques jours, mais malheureusement, elle était décédée. Mon cœur s'était serré. Un autre être humain avait lutté, tout comme moi, contre la mort, contre les coups du sort, mais elle n'avait pas gagné face à l'adversité. Je me disais qu'elle avait une famille, peut-être un mari, des enfants, un avenir. J'avais mal pour elle, pour eux. Mais je devais penser à moi en cet instant, je devais tenir le coup, le plus dur restait à faire.

L'opération n'était pas une mince affaire. Elle a duré sept heures. À mon réveil, j'avais de nouveaux poumons. Il y a eu quelques jours compliqués, ce fut difficile et douloureux. J'ai fait un rejet sept jours après la greffe, mais il a été correctement soigné. J'ai même eu des hallucinations. Cet état de semi-conscience a été assez étrange, pour moi, mais aussi pour mes parents. Et puis, des jours meilleurs sont arrivés et je constatais déjà que je respirais beaucoup mieux qu'avant l'intervention, même si je n'étais pas à 100 %. Il me fallait le temps. L'opération avait été un succès, mais ce n'était pas gagné. Dans mon esprit, j'avais grappillé un peu de temps de vie. Mais je refusais de m'emballer. Les médecins m'avaient expliqué que la première année, les risques de rejet ou d'infection étaient très importants.

Au bout de huit ans, environ 60 % des patients greffés sont encore en vie. Mais sur le long terme, on peut subir un rejet chronique. En bref, il me fallait déjà passer les premières heures, les premiers jours, les premières semaines, la première année. Mais j'étais en vie. C'était l'essentiel. Après la réanimation, j'ai commencé à me sentir vraiment mieux. Petit à petit, mon corps s'est adapté. J'y croyais tellement fort que ces poumons n'avaient pas le choix. On dit qu'il est parfois compliqué d'avoir l'organe de quelqu'un d'autre à l'intérieur de soi, mais pour moi, c'était une tout autre chose. C'était la vie qui était en moi. C'était ma seconde chance, c'était mon avenir, c'était l'oxygène que je respirais, c'était l'air qui me permettait de vivre. J'allais mourir et une famille m'avait permis de survivre. Ce cadeau était précieux, indescriptible, émouvant. Je n'avais pas de mot. Ils auraient pu dire non, ils auraient pu refuser le don, et je serais mort. Comme beaucoup de mes amis. Mais ils avaient dit oui. Ils avaient fait abstraction de leur douleur pour que je reste en vie. J'étais tellement reconnaissant. J'étais heureux, j'étais soulagé. Je me sentais aimé par des personnes que je ne connaissais pas. J'avais envie de leur crier MERCI. Cette femme, qui était décédée, vivait en moi. Je voulais profiter pour elle, j'avais besoin de la faire vivre à travers moi. J'avais envie de me dépasser, de me surpasser. Après plusieurs semaines à l'hôpital, je suis rentré chez moi. J'allais tellement mieux. Mon souffle était normal, je pouvais manger, me déplacer. Je me sentais revivre. Les premiers mois, j'avais déjà envie de croquer la vie à pleines dents. Mais surtout, j'avais une obsession : cette jeune femme qui avait perdu la vie. Je voulais remercier sa famille, je voulais leur dire que j'allais bien, je voulais en apprendre plus sur elle. Je me sentais proche de cette femme. À l'hôpital, j'avais glané quelques informations, difficilement. Les règles sont très strictes quant à l'anonymat des dons, malgré tout, j'ai réussi à en savoir plus sur l'accident, la ville et surtout le prénom de ma sauveuse : Charlotte.

Chapitre 37

Lyanne

Je demeure silencieuse durant plusieurs minutes. Je fixe l'écran sans parvenir à m'en détacher. Je suis bouleversée. J'ai imaginé mille scénarios, mais sûrement pas celui-ci.

Il ne semble pas mentir sur sa maladie. Comment aurait-il pu aller aussi loin ? Il a frôlé la mort et de près. Il a dû souffrir, avoir peur, penser que sa dernière heure était venue. Et pourtant, il a survécu. Ce doit être incroyable d'avoir l'impression de recommencer sa vie, d'avoir une seconde chance.

Mais ce qui me perturbe, c'est la date et surtout le prénom de la donneuse : Charlotte. Ce ne peut pas être une coïncidence. C'est forcément ma sœur. Il ne peut en être autrement.

Je décide d'en avoir le cœur net. Je ne peux pas aller me confronter à Samuel sans savoir, sans en être certaine. Alors je me rends chez Baptiste. Je dois lui raconter toute l'histoire. Depuis ma première conversation avec Samuel jusqu'à ce dernier chapitre que je fais lire à mon ami. Les larmes aux yeux, le cœur gonflé d'amour et de souvenirs, Baptiste ne parvient pas à parler immédiatement.

Il lui faut plusieurs secondes.

Baptiste

Je sais que Charlotte souhaitait donner ses organes, aider des gens, sauver des vies. Elle disait qu'une fois morte, ses organes ne lui serviraient plus à rien, qu'ils devaient servir à d'autres. Elle y tenait et possédait une carte de donneur depuis son adolescence. Et même si maintenant le don est automatique si le donneur n'est pas sur la liste des refus, nous aurions pu nous y opposer. Mais avec ses parents, nous avons respecté son choix et avons accepté. Étant donné que les dons sont anonymes, j'ai juste pu savoir, via les médecins, que les différentes greffes s'étaient bien passées. J'ai même reçu trois lettres par le biais de l'hôpital. Les receveurs peuvent en effet contacter anonymement les familles pour les remercier. J'ai été très touché de cette démarche. Grâce à ma compagne, d'autres personnes ont pu guérir de leurs blessures. Je me suis senti bien à la lecture de ces lettres, j'ai eu l'impression que le décès de Charlotte avait eu un impact positif pour d'autres, c'était toujours ça de pris. Ça n'a pas atténué mon chagrin, mais ça m'a aidé à surmonter un peu mieux l'adversité.

Au bout de plusieurs minutes de silence. J'essuie mes larmes.

— Est-ce que c'est vrai ? demande alors Lyanne.

— Oui, c'est vrai.

— Pourquoi ne m'en as-tu pas parlé ?

— J'ai pensé que tu n'étais pas prête à entendre ça. Tu n'acceptais pas, tu refusais qu'elle meure. La nuit de son décès, tu étais anéantie.

— Mais je ne suis pas contre le don d'organes.

— Je sais bien, Lyanne. Ce n'est pas cela le problème. Je pense que tu n'aurais pas accepté qu'on enlève des parties d'elle. Sur le coup, tu n'aurais rien accepté, tu ne le pouvais pas.

Lyanne

Je réfléchis, je me remémore cette fameuse nuit et effectivement, j'étais anéantie. Je n'aurais peut-être pas supporté que l'on touche à ma sœur, que l'on me parle de don d'organes alors que je voulais qu'elle vive.

— Mes parents sont au courant ?

— Bien sûr, ils ont discuté avec eux. C'était à eux de décider.

— Tout le monde était au courant, sauf moi, chuchoté-je, plus pour moi que pour Baptiste.

— On attendait que tu ailles mieux pour t'en parler. La nuit de son décès, tu es rentré avec Raphaël après lui avoir fait tes adieux. Et je suis resté auprès d'elle.

— Je me souviens. Je ne voulais pas entendre son dernier souffle, je ne voulais pas voir les machines s'éteindre, c'était trop dur.

— Je suis désolé de ne rien t'avoir dit. Je ne voulais pas te faire plus de mal que ce que tu endurais déjà.

Je pose ma main sur celle de Baptiste. Je comprends. Je ne lui en veux même pas. Il l'a fait pour me protéger. J'ai sombré après le décès de ma sœur, je n'aurais rien voulu entendre. Je me serais braquée. Aujourd'hui, je trouve ce geste exceptionnel.

— Est-ce que tu savais pour Samuel ?

— Pas du tout. Nous n'avons aucune information sur les receveurs. Je me demande même comment il a fait pour nous retrouver, peut-être s'est-il trompé ?

— Je ne sais pas, son dossier sur nous semblait complet.

— Il n'y a qu'une façon de le savoir...

— Aller lui parler.

— Oui, je crois que tu dois tirer tout cela au clair.

* *

*

Le samedi suivant, j'arrive à Bordeaux. J'ai réfléchi toute la semaine. Je ne souhaitais pas me précipiter. J'ai eu besoin de prendre du recul, de relire les messages de Samuel. De faire le point. Je ne savais plus où j'en étais. Est-ce que j'ai eu raison de lui faire confiance, est-ce que je dois le croire, est-ce qu'il a été honnête ? Je ne sais plus du tout où me positionner. Mon esprit est embrouillé. Tous mes sentiments se mélangent.

Samuel n'a pas donné signe de vie, et je ne l'ai pas appelé non plus. J'avais envie d'être en colère, je devais être en colère. Il a menti, il m'a contactée sous couvert de prétextes. Il n'a pas été honnête. Mais, d'un autre côté, je suis touchée, émue, bouleversée par son histoire, par son parcours, par son courage. Son intention ne semble pas mauvaise. Je n'ai pas eu l'impression qu'il se moquait de moi. J'ai douté, je suis partie avant même qu'il puisse m'expliquer la raison de ce dossier. Je ne lui en ai pas laissé le temps. Peut-être est-ce le moment de dévoiler la vérité, de s'ouvrir, d'écouter ?

Je gravis les marches qui mènent à son appartement. Je ne l'ai pas prévenu, il est 18 h, j'espère qu'il est chez lui. Sans quoi, j'aurais l'air bien bête. Devant la porte, j'inspire. Une fois, deux fois, trois fois. Puis je toque. Mon cœur tambourine dans ma poitrine, mes mains tremblent.

J'entends des pas, un verrou qui s'ouvre, puis la porte laisse apparaître un Samuel fatigué. Il a le visage sombre, le teint pâle. Il a le regard triste et le sourire a quitté ses lèvres. Mais lorsqu'il me voit, une lueur de bonheur traverse ses pupilles. Il hésite. Il m'observe, sans savoir quoi dire ou faire. Je suis touchée par cet homme que j'aime, par son visage chiffonné. Il semble avoir passé de mauvaises nuits, de mauvaises journées, de mauvais moments. À cause de moi ?

Je ne lui laisse pas le temps de parler, je me jette dans ses bras et me blottis au plus près de son corps. J'ai envie de le sentir contre moi, d'entendre son cœur battre, de sentir son souffle sur mon cou, de percevoir sa poitrine se soulever lorsqu'il respire. Je sais que rien n'est gagné, j'ai lu des articles durant la semaine, je me suis renseignée sur la greffe. J'ai compris qu'il n'est pas encore sorti d'affaire. Mais je refuse de le perdre.

— Pardonne-moi, murmure-t-il à mon oreille.

Il a la voix cassée. Je sens les larmes qui tombent dans ma nuque.

— Pardon, répète-t-il en sanglotant.

Je relève la tête et prends son visage entre mes mains. Je plonge mon regard dans le sien durant quelques secondes et dépose un baiser sur ses lèvres. Elles ont un goût salé.

— Je t'aime, soufflé-je en le regardant à nouveau.

Il me sourit, perdu entre la tristesse, la culpabilité et le bonheur.

— Oh si tu savais comme je t'aime, moi aussi, répondit-il en m'embrassant avec empressement.

Nos langues se mêlent. Nos cœurs battent à l'unisson. Nos respirations haletantes comblent le silence de la pièce.

Il prend ma main et m'entraîne sur le canapé.

— Je te dois des explications...

Je hoche tête. Prête à entendre la vérité, prête à tout comprendre, enfin.

— Tu as lu mon dernier chapitre ?

— Oui, c'est pour ça que je suis ici.

— Après ma greffe, comme tu l'as lu, j'étais reconnaissant. Je me sentais tellement chanceux d'avoir quelques années de plus, un espoir de vivre plus longtemps, l'espoir d'avoir un avenir. Mais les greffes sont anonymes, alors j'avais peu de chance de trouver mon donneur. J'avais entendu des bouts de conversation à l'hôpital. C'est l'avantage d'être journaliste, mes oreilles traînent toujours un peu partout. C'était mince comme indice, mais c'était un début. L'un de mes meilleurs amis est détective. Grâce à ses talents, ses contacts, quelques billets et les réseaux sociaux, il a réussi à remonter la piste et il n'y a eu qu'un décès qui pouvait correspondre, cette fameuse nuit. C'était une chance pour moi. Il a continué ses recherches pendant que je me remettais doucement de la greffe.

Nous sommes face à face sur le canapé, les mains entrelacées, nos regards plongés l'un dans l'autre.

— Lorsque je suis rentré chez moi, on a fait un point et plus tard, il m'a donné le dossier qu'il avait monté. Il était certain que la donneuse était Charlotte. C'était plus que ce que j'avais espéré. J'ai quand même passé quelques coups de fil, je ne voulais pas me tromper. Grâce à quelques contacts, les pistes se sont confirmées. J'ai alors lu attentivement les informations concernant Baptiste et toi. Je souhaitais vous contacter directement, mais je me suis dit que vous alliez peut-être mal le prendre ou m'envoyer sur les roses, et j'aurais compris, mais ce n'était pas mon but. Et puis, c'était délicat.

— Oui, nous n'avions pas trop le moral à cette période.

— C'est normal, et je suis tombé sur ton blog. Je voyais tes billets d'humeur, tu allais mal, vraiment mal. Je ne savais pas comment me rapprocher de toi. Je me sentais mal de te voir si malheureuse alors que je bénéficiais de la générosité de ta sœur. Je voulais faire quelque chose pour toi. J'ai beaucoup réfléchi. Et j'ai eu l'idée du roman. J'ai toujours espéré en écrire un, mais je ne savais pas trop quoi raconter et là, l'idée m'est apparue comme une évidence. Je devais parler de la muco, de l'importance du don d'organes, je voulais rendre hommage à ta sœur en quelque sorte, mais aussi à tous les donneurs, à toutes les familles, aux équipes médicales. C'était mon cri du cœur.

— C'était une idée fabuleuse. Les gens ont besoin de connaître la muco, de savoir que le don d'organes est essentiel.

Samuel acquiesce.

— Ce que je n'avais pas prévu, c'était de tomber sous ton charme. Je me suis attaché à toi via nos échanges. Mais lorsque je t'ai vue, j'ai eu un coup de foudre. C'était toi, je ne voulais plus te quitter. Mais j'étais tiraillé.

— À cause de ton secret.

— Oui, je devais te mentir. Je ne savais plus comment te dire pourquoi je t'avais contactée au départ, pourquoi j'étais entré dans ta vie et comment. J'avais peur que tu me repousses, car je t'avais menti.

— Je comprends.

— C'était dur, j'ai essayé de lutter contre mes sentiments, j'ai essayé de mettre un peu de distance, mais c'était trop difficile, j'avais envie d'être avec toi, de profiter de chaque instant. J'ai eu tellement peur de mourir, il était hors de question de passer à côté de tous ces moments avec toi.

— Moi qui croyais que tu ne voulais pas de moi ou que tu jouais avec moi.

— Je suis désolé, je me débattais avec tout ça sans pouvoir t'en parler.

— Tu sais, ma sœur est morte et c'était l'épreuve la plus terrible que j'ai eu à traverser, mais de savoir qu'elle a sauvé la vie de plusieurs personnes, qu'elle a contribué à donner une seconde chance, un second souffle à d'autres, ça me fait chaud au cœur, ça me fait du bien.

Il s'approche pour me prendre dans ses bras.

— Je dois tout à Charlotte, je lui dois ma vie. Elle m'a sauvé. Sans elle, je ne serais plus de ce monde. Sa générosité a bouleversé mon existence.

J'ai la gorge serrée. Ma sœur, si douce, altruiste et généreuse, a su donner, même sur son lit de mort. Jusqu'au bout, elle aura été un modèle.

Je caresse la joue de Samuel et l'embrasse avec tendresse. Le voile est levé, je sais tout, maintenant je souhaite profiter de cet homme que j'aime. Savourer chaque seconde, chaque minute, chaque heure à ses côtés.

Le désir nous envahit. Nous n'avons envie que d'une chose, nous retrouver, nous unir, nous aimer, comme si le temps nous était compté. L'urgence gagne nos corps et nos cœurs. Samuel passe sa main derrière ma nuque, il glisse sa langue sur mon cou, puis dégage mon épaule pour pouvoir l'embrasser. Son souffle me fait frissonner. Je retire mon pull et grimpe à califourchon sur lui. Il enlève mon soutien-gorge. Il caresse mon dos avec tendresse. Lorsque je tente de déboutonner sa chemise, il saisit mes poignets pour m'arrêter.

— Que se passe-t-il ? chuchoté-je.

— Je... enfin.

J'attends, un peu perdue. Il ne va quand même pas me repousser encore une fois.

— Dis-moi, je t'écoute, je suis là, je ne m'enfuirai pas.

— L'opération... les poumons, ça a laissé...

— Une cicatrice ?

— Oui, je... ce n'est pas que j'ai honte. Cette cicatrice prouve que je suis en vie, elle m'a sauvé, mais aucune femme ne m'a vu depuis...

— Chut, murmuré-je en posant un doigt sur sa bouche.

Je déboutonne sa chemise, puis l'écarte pour dévoiler son torse. Je passe mes mains sur sa cicatrice, avec douceur, avec tendresse. Je le caresse puis embrasse cette partie de lui qui montre qu'il vibre encore pour la vie.

— Cette cicatrice, c'est toi, c'est la vie.

Il me dévisage, stupéfait, bouleversé, ému par ce geste, par ces quelques mots. Je le vois. Il me dit qu'il redoutait cet instant. Il avait peur que ça effraie, que ça dégoûte, que ça repousse.

Il m'embrasse et cette fois-ci, il m'entraîne dans sa chambre. Plus rien ne nous retient, plus rien ne peut nous empêcher de nous aimer.

Jamais je n'ai connu un tel plaisir. Samuel est doux, attentionné, à l'écoute. Nous sommes connectés, sur la même longueur d'onde. Notre histoire, notre rencontre, cette envie de vivre, de dévorer la vie, nous ressentons cette énergie.

Au petit matin, j'ai la tête posée sur son épaule. Je caresse son torse du bout des doigts.

— Comment te sens-tu ? Je veux dire depuis ta greffe ?

— Je me sens revivre. Je peux monter les escaliers, j'arrive à respirer à pleins poumons. C'est une autre vie qui s'offre à moi.

— Est-ce que tu as peur qu'elle échoue ?

— Bien sûr, mais je préfère ne pas y penser. Ça fait plusieurs mois et tous les signes sont encourageants. Passés les un an, ce sera déjà une grande victoire. Chaque année supplémentaire sera un cadeau.

— Est-ce que ce n'est pas difficile de vivre avec cette épée de Damoclès sur ta tête ?

— Non, car je savoure la vie. Chaque seconde est importante pour moi. Je me sens entier et connecté à chaque instant. Je ne survole pas les moments, je ne suis pas absorbé par des détails insignifiants. Je vis l'instant présent, pleinement, totalement.

— Tu m'apprendras ?

Samuel

Sur ces quelques mots, je comprends. Elle veut rester auprès de moi, elle veut partager ma vie, elle veut être là durant les prochaines années. Et je souhaite la même chose. J'ai l'impression d'avoir attendu une femme comme elle pendant trente-deux ans. Il a fallu ce drame, ma muco, la greffe, pour que nos chemins se croisent.

Une histoire de destin ? Peut-être...

J'ai failli perdre la vie sur ce lit d'hôpital.

Elle a failli perdre la vie dans cet accident de voiture.

Aujourd'hui, nous souhaitons profiter de cette seconde chance, ensemble, prêts à savourer la vie, ses joies, ses peines, ses cadeaux, ses déceptions, ses surprises.

Nous sommes unis par un second souffle. Il nous suffit juste d'inspirer et de nous lancer dans cette nouvelle aventure, cette nouvelle vie, cette seconde vie.

Epilogue

Lyanne

Quand j'étais enfant, j'ai fait un vœu, celui de ne jamais être séparée de ma sœur. J'ai bêtement soufflé sur un pissenlit, espérant que mon vœu se réaliserait. J'y croyais de toutes mes forces. Et vous savez quoi ? Il s'est réalisé, car même si elle n'est plus là physiquement, elle l'est dans mon cœur, dans ma famille, dans mon café et je la vois à travers l'homme que j'aime, et c'est grâce à elle que j'ai eu cette merveilleuse vie, cette belle histoire d'amour, cet être extraordinaire à mes côtés. Elle a sauvé des vies, plusieurs, et elle m'a sauvée aussi. Alors, faites des vœux, parfois ils se réalisent. Battez-vous de toutes vos forces pour vivre vos rêves, foncez, ne perdez pas une minute. Et même si la vie peut se montrer cruelle, vous surmonterez les épreuves qu'elle vous impose, car au bout du chemin, il y a toujours un arc-en-ciel, une éclaircie, une brise de bonheur. Certains n'ont pas la chance de respirer, mais vous, oui, alors ne gâchez pas tout et vivez !

Samuel

À 31 ans, ma vie a basculé. Tout a été chamboulé pour mon plus grand bonheur. J'allais mourir, ce n'est pas une façon de parler, c'était réel. Mes poumons avaient atteint leur limite. Ils m'avaient accompagné du mieux qu'ils le pouvaient durant toutes ces années, un miracle... Mais mon corps était épuisé par la muco, il luttait chaque jour, chaque minute, chaque seconde pour me permettre de vivre, voire de survivre.

Un second miracle a eu lieu, grâce à Charlotte, grâce à son altruisme, grâce à sa générosité, grâce à son grand cœur et grâce à sa famille. Elle m'a donné une seconde vie, elle m'a offert un second souffle, la possibilité de renaître, de poursuivre ma vie, de réaliser mes rêves, d'avancer encore un peu. Elle m'a permis de grappiller quelques années de vie.

Grâce à cette merveilleuse personne, j'ai rencontré Lyanne, Baptiste, Raphaël et toute leur famille. Du bonheur, de l'amour, de la bonté se dégagent de ces êtres si extraordinaires. Ils l'ont perdue, mais ils ont continué à avancer, pour elle. Ils sont devenus ma famille et je les aime de tout mon cœur.

Merci, Charlotte, merci pour cette vie que tu m'as permis de vivre. Merci pour cette seconde chance, pour ce temps que tu m'as donné.

Du temps, c'était tout ce qu'il me manquait.

Grâce à toi, j'ai pu fonder une famille. Lyanne et moi nous sommes mariés. Nous avions envie de défier les statistiques, les probabilités, le destin. Nous avons eu deux magnifiques enfants : Anna, Nathan, des jumeaux. Deux cadeaux, deux pépites. Jamais je n'aurais pu imaginer avoir une famille, et pourtant, grâce à Lyanne, grâce à la science, grâce aux médecins, j'ai pu avoir des enfants. Ils m'ont soutenu, je les ai aimés de toute mon âme, de tout mon être. Ils sont ma plus grande réussite.

J'ai vécu une vie exceptionnelle. Je ne suis pas riche, je ne voyage pas, je ne vais pas dans des hôtels de luxe. Non, je me réveille chaque matin, je savoure les jours qui me sont donnés, je profite de mes enfants, de ma famille, de mon métier que j'aime. Mon roman a été publié. Il a été bien accueilli et a permis d'aider à en apprendre davantage sur la muco et sur le don d'organes. Car au fond, ce message, c'est un message essentiel, important, vital, et je pèse mes mots. Sans le don d'organes, les gens meurent, la maladie gagne. Il faut en parler, il faut y penser. Grâce à cela, j'ai pu exister encore un peu, j'ai pu laisser une trace sur Terre. J'ai même eu la chance de dédicacer mon livre à plusieurs reprises et notamment dans le café littéraire de Lyanne. Elle a monté sa société peu de temps après notre rencontre et depuis, il ne désemplit pas. Ça n'a pas été évident au début, mais elle s'est battue et aujourd'hui, elle est fière, car ce café c'est grâce à sa sœur.

Mes amis, qui luttez contre la muco, n'abandonnez pas. Il y a toujours un espoir, aussi minime soit-il. Il faut y croire, il faut s'accrocher. Jusqu'au dernier souffle, jusqu'à la dernière seconde, tout est possible.

Grâce à Charlotte, j'ai eu un rab de bonheur, des années en plus, à savourer la vie qu'elle m'a offerte. J'arrive au bout du chemin, il est temps pour moi de rejoindre ma sauveuse. J'ai eu une chance inouïe. Les greffés qui dépassent les dix ans de greffe sont déjà chanceux, à partir de vingt ans, c'est un vrai miracle. J'ai coutume de dire que c'est Charlotte qui veille sur nous de là-haut et qui me porte, qui m'insuffle tout ce qu'elle peut, pour m'aider à tenir le coup, le plus longtemps possible. Aujourd'hui, je n'ai pas peur et je suis heureux, car j'ai la sensation d'avoir accompli tout ce que je pouvais.

Toute ma famille est autour de moi pour ce dernier voyage. Nous sommes réunis, nous sommes forts, ensemble. Je vous aime, je ne pars pas loin, je veillerai sur vous et je garderai ce sourire sur mes lèvres jusqu'à mon dernier souffle.

« Surtout, dites-leur de ne jamais baisser les bras. »

Grégory Lemarchal

***

FIN

***

Remerciements

Eh oui, encore un roman, une nouvelle histoire, un nouveau message. J'espère que vous avez aimé ce livre et je vous remercie d'avoir pris le temps de le lire, de découvrir l'histoire de Lyanne et de Samuel. Comme pour « *Maintenant et à jamais* », j'aborde ici un thème qui me tient à cœur, un thème important, un message qu'il faut diffuser. J'espère sincèrement que vous y avez été sensible et que vous aurez envie d'en parler autour de vous.

Alors pour une fois, pas de long texte, juste un immense MERCI à toutes les personnes qui me soutiennent, à mes proches, aux auteurs, aux blogueurs et surtout à vous lecteurs.

Si vous avez apprécié votre lecture, n'hésitez pas à laisser un petit avis sur **Amazon** ou sur les réseaux sociaux et si vous voulez en savoir plus sur le don d'organes, la mucoviscidose ou les raisons qui m'ont poussée à écrire sur ce thème, il vous suffit de continuer votre lecture, je vous explique tout dans les pages suivantes.

Facebook :

https://www.facebook.com/audreymartinezauteur

Twitter :

https://twitter.com/AudreyM_auteur

Instagram :

https://www.instagram.com/audrey.martinez.auteur

Site :

www.audreymartinez.fr

Mail :

audrey.martinez.auteur@gmail.com

Quelques mots de plus

Lorsque j'avais 18 ans, j'ai été particulièrement émue par le combat d'un jeune homme : Grégory Lemarchal. J'étais une grande adepte de la Star Academy à l'époque (en tout cas des premières saisons !) et j'ai ressenti énormément d'admiration pour cet artiste. Je le trouvais tellement incroyable, son courage, son envie, son besoin même de vivre sa passion et de réaliser son rêve. C'est à ce moment-là que j'ai découvert cette maladie que je ne connaissais pas : la mucoviscidose, et c'est aussi à ce moment-là que j'ai demandé ma carte de donneur d'organes (à l'époque le don n'était pas « automatique »). Je l'ai toujours d'ailleurs, cette première carte, elle ne m'a jamais quittée et pourtant cela fait quinze ans maintenant. J'en ai parlé autour de moi, je voulais que ma famille sache et connaisse mon choix. À présent, j'ai une nouvelle carte, celle d'ambassadeur du don d'organes, la carte change, mais le principe reste le même au fond. Et c'est assez naturellement que j'ai décidé d'aborder cette maladie et surtout le don d'organes dans ce roman. Je voulais en parler, je voulais diffuser ce message, mais je ne voulais pas qu'il n'y ait que ça. J'avais envie de parler du deuil, car s'il y a don d'organes, c'est que malheureusement quelqu'un a perdu la vie. Je voulais donc parler de la famille du défunt, de la difficulté à remonter la pente, de la difficulté parfois d'accepter le don. J'espère que ce livre vous a plu et j'espère sincèrement que vous aurez envie d'en parler, de parler de la mucoviscidose et du don d'organes. Sachez aussi que les recherches concernant le traitement de la mucoviscidose ont beaucoup évolué au fil des ans et c'est grâce aux dons que les malades peuvent garder espoir, alors n'hésitez pas à parler des associations, à donner si vous le pouvez, à vous informer aussi. ♥ Merci pour eux. ♥

Pour en savoir plus sur la mucoviscidose et le don d'organes, c'est par ici... =}

La mucoviscidose[6]

La mucoviscidose est une maladie rare et génétique qui touche principalement les voies respiratoires et le système digestif. Tous les 3 jours, un enfant naît atteint de mucoviscidose et 2 millions de Français sont porteurs sains du gène responsable et peuvent le transmettre sans le savoir à leurs enfants.

Qu'est-ce que la mucoviscidose ?

Le corps de chacun d'entre nous produit normalement du mucus. Cette sécrétion est produite par les cellules de revêtement des organes creux, comme les bronches, le tube digestif, les canaux du pancréas ou les canaux biliaires du foie.

C'est l'altération de la protéine CFTR (Cystic Fibrosis Transmembrane Regulator) découverte en 1989, chargée d'assurer la fluidité de ce mucus, qui est à l'origine de la maladie.

Dans ce cas, le mucus est anormalement épais, collant et cela provoque une augmentation de sa viscosité. Ce manque de fluidité va entraîner l'obstruction des canaux au niveau des organes concernés et une accumulation dans les voies respiratoires et digestives.

Ainsi les bronches peuvent s'encombrer et s'infecter provoquant toux et expectorations. Les voies et canaux digestifs (intestin, pancréas, foie) peuvent également être obstrués, provoquant des troubles digestifs et hépatiques.

---

[6] Source : Vaincre la mucoviscidose (https://www.vaincrelamuco.org)

Elle n'est pas contagieuse mais récessive : un enfant est atteint de mucoviscidose s'il hérite du gène responsable transmis par ses deux parents.

C'est une maladie chronique dont le dépistage et la prise en charge médicale sont bien organisés aujourd'hui.

Ses manifestations sont différentes d'un patient à l'autre, certains sont plus touchés au niveau des poumons et d'autres au niveau de l'appareil digestif

La transmission à l'enfant

À l'origine de la mucoviscidose se trouve un gène défectueux.

Les gènes fonctionnent par paire (l'un provient de la mère et l'autre du père). Lorsque les deux parents sont porteurs d'une mutation responsable de la mucoviscidose, leur enfant a un risque sur quatre d'être atteint par la maladie.

Lorsque les deux parents sont porteurs, l'enfant héritera :

_ de 2 gènes sains (l'enfant est sain et non porteur, 1 cas sur 4).

_ d'un gène sain et d'un gène défectueux (l'enfant est sain mais porteur, 2 cas sur 4).

_ de 2 mutations (l'enfant est atteint de mucoviscidose, 1 risque sur 4).

Les virades de l'espoir :

le 29 septembre 2019 !

https://www.virades.org/

Il s'agit de la grande journée nationale de lutte contre la mucoviscidose.

La Virade de l'espoir est un événement annuel festif, convivial et solidaire organisé par des bénévoles chaque dernier week-end de septembre. Il s'agit de venir donner son souffle (course à pied, marche, vélo, etc) en se faisant parrainer et en remettant ses dons à Vaincre la Mucoviscidose.

C'est une manifestation de loisirs et de solidarité qui permet donc de collecter des fonds pour la lutte contre la mucoviscidose et de sensibiliser le grand public à cette maladie partout en France, sur près de 450 sites. C'est la première source de collecte de fonds de notre association !

Les associations

Voici deux associations qui pourront vous renseigner ou auxquelles vous pouvez apporter votre soutien.

L'association Grégory Lemarchal :

https://association-gregorylemarchal.org/

Grégory Lemarchal était un artiste accompli, un chanteur reconnu, heureux de pouvoir communiquer ce qu'il avait en lui à travers ses chansons. Mais c'était aussi un jeune homme atteint d'un mal incurable, contre lequel il luttait sans jamais baisser les bras. L'Association Grégory Lemarchal a été créée en juin 2007 après son décès, à 24 ans, des suites de la mucoviscidose, pour poursuivre son combat. Sa famille a voulu une association à taille humaine, de proximité, basée sur sa connaissance intime et douloureuse de la maladie pour pouvoir répondre rapidement et efficacement aux besoins des familles, des hôpitaux et des chercheurs.[7]

« Pour que plus jamais la mucoviscidose ne nous arrache ceux qu'on aime. »

Laurence Lemarchal

Vaincre la mucoviscidose :

https://www.vaincrelamuco.org/

Créée en 1965 par des parents de jeunes patients et des soignants, Vaincre la Mucoviscidose, reconnue d'utilité publique, est le premier financeur privé de la recherche en mucoviscidose en France.

Le conseil d'administration est composé en priorité de parents et de patients en attente de résultats concrets, mais également de

---

7 Description disponible sur le site.

médecins, de chercheurs, de sympathisants, tous bénévoles. Exigence de résultats et expertise sont au cœur de notre organisation.

Des professionnels salariés mettent en œuvre les actions au service des 4 missions de l'association (guérir, soigner, vivre mieux, sensibiliser).

Ils s'appuient sur un réseau de bénévoles engagés dans toute la France.

L'association dispose de 30 délégations régionales animées par des bénévoles. Ce sont ainsi plus de 5 000 personnes qui sont mobilisées toute l'année partout en France, et jusqu'à 30 000 le jour des Virades.[8]

Le don d'organes

La greffe d'organes sauve des vies.

Mais pas de greffe sans don d'organes : le don et la greffe d'organes sont intimement liés !

La greffe ou transplantation devient nécessaire pour remplacer ou suppléer un organe défaillant, et permettre à un malade de retrouver une existence normale. On parle d'autogreffe quand l'organe provient du malade lui-même. Certains organes peuvent être prélevés de son vivant, la majorité des organes vitaux sont prélevés après la mort.

Toute personne peut être donneur, de son vivant ou en état de

---

[8] Description disponible sur le site.

mort encéphalique, sous réserve des résultats des examens qui attestent de la viabilité des organes à prélever. Une personne a le droit de refuser tout prélèvement d’organes le jour de son décès (inscription possible sur le Registre National des Refus). Sinon, il faut le signaler à ses proches et avoir une carte d'ambassadeur du don d'organes. Elle facilitera le don quel que soit l’âge. Ce don sera anonyme et relève d’un acte bénévole.

Maintenant et à jamais

Romance dramatique

Emma et Ian vivent à Nice, ils sont jeunes, amoureux et pensent avoir toute la vie devant eux. Jusqu'à cette soirée, le 14 juillet 2010, au cours de laquelle un drame va les frapper de plein fouet. Marquée par cet événement, choquée et anéantie, Emma va sombrer, s'éloignant progressivement de son grand amour. À bout de souffle, elle va faire un choix qui va bouleverser son existence.

Mais une seule décision peut-elle vraiment changer toute une vie ?

Venez vous plonger dans l'univers d'Emma et Ian, venez partager quelques années de vie avec eux. Une histoire poignante, bouleversante, un florilège d'émotions, vous n'en sortirez pas indemnes ! Laissez-vous embarquer !

http://amzn.to/2E1ciQW

Contre vents et marées

Romance contemporaine

Jack a une vie familiale chaotique. Sa mère, Cécile, est en dépression depuis un an. Le jeune homme se débat pour survivre, malgré la violence, l'alcool et la solitude.

Jusqu'au jour où il rencontre la sublime et douce Marta. Le destin a décidé de lui donner une chance de s'extirper de ce quotidien destructeur. Mais la vie n'est pas un long fleuve tranquille et les épreuves vont se succéder au point de compromettre leur avenir.

Parviendront-ils à s'aimer contre vents et marées ?

https://amzn.to/2wa2sKp

La valse des souvenirs

(Allie et Adam – Partie 1)

Romance / Tranche de vie

Une poignée de secondes…
Il ne faut pas davantage de temps pour que notre existence bascule irrémédiablement.

Allie et Adam nageaient dans le bonheur depuis leur rencontre, quelques années auparavant. Bercés par des projets et l'amour qui les unissait, ils n'auraient jamais imaginé que le destin pouvait se montrer si cruel et piétiner tout ce qu'ils avaient construit.

Tant bien que mal, ils essaient aujourd'hui de se relever, refusant de se remémorer ces événements si douloureux. Mais il faut parfois se plonger dans les méandres du passé pour entrevoir la richesse de l'avenir.

Êtes-vous prêts à vous embarquer dans la valse des souvenirs avec Allie et Adam ? Vous n'en sortirez pas indemnes, soyez-en certains !

À fleur de coeur

(Allie et Adam – Partie 2)

Romance / Tranche de vie

Lorsque la vérité éclate, il ne reste que deux choix : avancer ou sombrer...

Après avoir découvert la vérité sur le décès de Maelly, Allie et Adam tentent de reprendre leur vie en main.

Accepter le passé, vivre le moment présent, rêver d'un avenir meilleur...

C'est tout ce à quoi ils aspirent après ces événements douloureux.

Mais peut-on recoller les morceaux d'une histoire brisée ?

https://amzn.to/33ViCHG

Biographie

Audrey MARTINEZ est née à Nice, le 24 juillet 1986.

Professeur des écoles et membre de la ligue des auteurs professionnels, elle est passionnée par la lecture et l'écriture depuis toujours.

Ses romans ont réuni plus de 10 000 lecteurs. Ils abordent des thèmes forts, des messages d'espoir, de courage. Des tranches de vie que tout un chacun peut rencontrer au cours de son existence.

Imprimé par Amazon KDP

Dépôt légal : septembre 2019

Printed in Great Britain
by Amazon

40338228R00183